あるいて、あした
「やめ、う……ん……！」
アルコールの匂いの残る口内を、執拗にまさぐった。
（本文より抜粋）

DARIA BUNKO

あるいて、あした

崎谷はるひ

illustration✻明神 翼

イラストレーション❋明神 翼

CONTENTS

あるいて、あした

外開きのドアから身を屈《かが》めるようにしてでてきたのは、黒いベストのまえをだらしなくくつろげたバーテン姿の男だった。

彼は億劫《おっくう》そうに吐息しながら胸元を探り、少しよれた煙草《たばこ》を指で伸ばしながら、もう一度ポケットを探った。そこでようやく、店の裏口で所在なく視線をめぐらせている一夏《かずな》に気づいたように、きつい感じのする目元をさらに眇《すが》める。

「――おまえ、そこでなにやってる?」

表情と同じく、冷たいような低い声だった。テリトリー外のものを徹底的に排斥しようとする、野性の獣のような、厳しい気配が漂っている。

近ごろではついぞお目にかかれないような、びりびりとした気配を纏《まと》いつかせている男の迫力に押されて、およそ人見知りなどしたことのない一夏も思わず言葉を飲みこんだ。

飲み屋が連なるこの町は、昼間でもあまり健全なムードとは言いがたい。確かにこざっぱりしたシャツにジーンズというい で立ちの一夏は、たいそう浮いていたとは思われる。

過保護な兄に育てられた一夏はもう二十歳になろうかというのに、こういう危なげな場所というのにあまり近づいたことがなく、少々気後《きおく》れを感じていたのも事実だった。先日倒れた父の代わりにはじめた配達にもまだ不慣れで、ちょっとばかしどぎまぎしていたのも否めない。

個人宅への配達しかしたことがなかったし、入り口がわからずに店のまわりをうろうろするまま、大量の酒瓶《さかびん》やビールケースを積んだ軽トラックを通りに面した駐車場に置きっぱなしにしていることも、一夏の気をそぞろにする要因のひとつだった。

だから、不意に開いた裏口のドアの向こうから現れた人影に、必要以上に驚いてしまったのだ。

彼はひどく背が高く、襟足《えりあし》から肩にかかるくらいの長めの髪をうしろに撫《な》でつけている。少し崩れた前髪の間から不機嫌な顔をさらして、くわえ煙草のまま、驚きに肩を揺らした一夏を不躾《ぶしつけ》にもじろじろと眺めた。胡乱《うろん》げな視線は厳しく、なにもやましいことはないはずなのにひどく緊張を覚えさせる。

「あ、えと、あの……っ」

そこですんなり「柏《かしわ》酒店のものです」と言えばよかったのだろうが、一夏は、上背の高さや威嚇《いかく》するような目つきに射すくめられ、思わず口籠《くちご》もってしまった。

それがまずかったのだろう。

ふっと疲れたように吐息した男はますます不機嫌そうに酷薄そうな薄い唇を歪《ゆが》め、言った。

「興味あんのはわかるけどな、自分のカネで酒呑《の》めるようになってから来い」

「……は?」

吐き捨てるような言葉の意味がわからず、ぽかん、となった一夏に、じろりと一睨《ひとにら》み。

「子どもが、こんなとこうろちょろするな」

「は⁉」

いまどき、そんな説教をかます人間がいることに、まず驚いてしまう。

あんぐりと口を開けて絶句する一夏に、長い指に挟んだ煙草の灰を落としながら言い切った男は、立ち去る気配のない一夏に苛立《いらだ》ったように舌打ちした。

その小さな音に、ようやく我に返る。

「ひょっとしてそれ、俺に言ってんのか？」

「他に誰がいる。さっさと帰れ」

言い返すか、このガキ。そうとでも言いたげに、切れ長の瞳が歪んだ。

犬でも追い払うかのような手つきのアクションまでつけられ、一夏は遅ればせながらの怒りがふつふつと腹を熱くするのを感じた。

急激にあがりはじめた怒りのボルテージに、むしろ穏やかな声音にさえなって、一夏は引きつった笑みを浮かべた。

「俺、配達に来たんだけど」

「はあ？」

目のまえに対峙《たいじ》した男は失笑を洩《も》らす。言い訳ならもう少しましなのはないのかと、男の酷薄そうに歪んだ唇が語っているようだった。

（ば、ばかにしやがって……っ！）

ぎりぎりと眦《まなじり》を吊りあげ、初対面の人間になんでここまでコケにされねばならんのだと、一夏は奥の歯を嚙み締める。

別に自分では童顔だなどと思わない。身長も一七五センチとそこそこ男性平均の数値をあげているし、顔立ちでいけば幼げな丸顔というよりシャープな細面の部類である。

だが、細い顎《あご》から卵形のなめらかな輪郭に縁取られた小さい顔はパーツがいちいち繊細で、なかでも特に、睫毛《まつげ》が長くきれいな二重の瞳が、実際の大きさよりも目立って見えるらしい。

食べても飲んでも一切肉にならない体質のせいで、体重は身長との兼ねあいでいくとかなり軽かったが、家の手伝いでビールケースを運ばされたり、けっこうな重労働もしているおかげで見た目より筋肉はついていて、あばらが浮くほど貧弱でもない。だが、手首や首筋など、人目につく部分が特に細いせいで、全体に華奢《きゃしゃ》に見えるらしかった。

しかし、遙《はる》かに高い位置から一夏を見下ろした、モデルのように均整の取れた体軀《たいく》の男には、あからさまな子ども扱いを受けても仕方ないような迫力が滲《にじ》んでいた。

年齢ははっきりしないけれど、肌の感じからいってせいぜい二十代前半、つまり一夏とそう変わらないと思う。それがまたなんだか悔しくて、一夏は小粒の歯をきりきりと嚙みあわせる。

だからといって、なんでここまで失礼な態度を取られなければならないのか。

頭から湯気でも噴きだしかねないほどに怒り心頭の一夏は、おもむろに手にしていた納品書の綴《つづ》りをばらばらとめくった。

「おい……？」

突拍子もない行動に、冷たい表情を浮かべていた男は戸惑ったような声をあげる。

それにはかまわず、目当てのものを見つけた一夏は、吊りあげた眦を怒りにきらめかせ、納品書を一気に読みあげる。

「柏酒店から配達に来ましたっ！　ビールがケース十個、それからボトル七本と、八海山《はっかいさん》と」

ついでに、とポケットに入れてあった免許証を、水戸黄門《みとこうもん》の印籠《いんろう》よろしく男のまえに突きつけた。

「柏瀬《かしわせ》一夏っ、この八月でハタチの大学生だ！」

一夏の迫力に呆気《あっけ》に取られたように、シャープな容貌《ようぼう》が間抜けなほど惚《ほう》けるのを見つめ、一夏はふん！　と鼻を鳴らした。

穏便とか平和とか、そんな言葉とは程遠い、蒸し暑い夏の午後。

バー・レストラン『ｘｙｌｏｐｈｏｎ《シロフォン》』の裏口まえで、華奢な青年に睨まれた男は、薄い唇に挟んだままだった煙草をぽとりと取り落とす。

それが、柏瀬一夏がバーテンダー姿の男——上川総司《かみかわそうし》と、はじめて出会った日の顛末《てんまつ》であった。

日本の夏にはめずらしい、からりと晴れて空気の乾いた午後のことだ。

白い車体にでっかく『柏酒店』とロゴの入った軽トラックを見つめ、一夏は大きくため息をついた。

「行きたくねえ」

胸中の言葉は呟《つぶや》きとなって、一夏の少女のような唇から零《こぼ》れていく。今年成人式を迎えた男にしてはあまりに華奢な細い首を、億劫そうにこきりと鳴らしてまたため息。

お世辞にもカッコよくない配達用のトラックが、一夏の生家である柏酒店の足である。お得意さんや卸《おろ》し先に、背中に積んだお酒を運ぶ、大事な大事な車なんである。

わかってはいるものの、せっかく苦労して取得した免許とドライビングの腕前を披露できるのがこの軽トラかと思えば、遊び盛りの大学生としては、カッコ悪くて泣けてくる。

実際、この運転席に日焼けした赤ら顔のおやじさんではなく、手も脚も腰も発育不良気味の女の子のように細っこい一夏が乗りこむと、笑えるほど似合わないのだ。

先日の配達途中にも高校生と間違えられて、ミニパトにとっ捕まってしまったくらい違和感がある。免許証を見せてもなかなか信じてもらえないし、配達には遅れてしまうしで、本当に苦労してしまった。

女顔でからかわれるのは生まれてこのかた慣れっこで、それでも二十代半ばとお見受けするミニパトの婦警さんをして、「ごめんね、かわいい顔だったから」と笑われてしまうのは、かなり情けなかった。これだから、女の子に声をかけてもいいオトモダチ止まりなのだと舌打ちのひとつもしたくなる。

かてて加えて、一昨日はじめて配達した先の『ｘｙｌｏｐｈｏｎ』というバー・レストランでは、これまたたむろっている高校生と間違えられて追い返されそうになったのだ。

──子どもがうろつくとこじゃない。さっさと帰れ。

店からでてきたバーテンに、抑揚《よくよう》のない、冷たいような響きの声で言われた台詞《せりふ》がよみがえり、一夏はむかむかと胃の辺りに怒りの塊《かたまり》ができあがるのを自覚する。

「……だーれがコドモだっつーの」

配達に来たのだ、といくら言ってもなかなか信じようとしなかった、長身の黒服姿を思い浮かべ、軽トラの荷台に寄りかかる青年は、繊細な容姿に似合わないドスの利《き》いた声音でうなりをあげた。

五十日《ごとおび》である今日は集金も兼ね、その『ｘｙｌｏｐｈｏｎ』に配達に行かねばならないのだ。

強い日差しにうだったふりをしながら、名前どおり夏の生まれの一夏は、この程度の暑さなど本当は屁《へ》でもない。要は、またぞろあの男にでくわして、居心地の悪い視線にぶつかるのかと思うと、どうしても愚図愚図してしまうのだ。登校拒否の子どものようで見苦しいとも思ったが、もともとすすんではじめたアルバイトではないだけに、どうにも腰は重くなる。

そんなことをつらつらと思いだし、不機嫌絶好調な一夏の背中に、やんわりと穏やかな声がかけられた。

「あれ、なっちゃん、なにしてるの。配達、行くんじゃないのか？」

「は……春《はる》ちゃん」

ぎくりとしながら振り返る。さぼっているのがばればれの一夏を咎《とが》めるでもなく、兄の一春《いちはる》は細い目を和《なご》ませて「暑いねえ」と言った。

手にしていたつばのあるキャップを拳《こぶし》で叩いて開き、一夏の頭にぽすんとかぶせる。ゆったりと歩み寄って来た兄の動作は、ぱっと見には危なげないが、右足を少し引きずる歩きかたをするのが癖である。幼いころの事故で骨折し、捻《ね》じれてしまった後遺症だ。

「いつまでもぼーっとしてると、日射病になっちゃうよ。帽子くらいかぶりなさい」

自宅でもある店のまえでぼやっと突っ立っている姿をしっかり見られていたらしく、その言葉は苦笑が混じっている。

いつも笑っていて、声を荒らげたことのない穏やかな兄には、一夏は小さなころから逆らえない。体格は一夏とそう変わらず、わずかに視線が上向く程度の身長差だが、兄の物静かな言葉には不思議な説得力があって、なんだかんだと丸めこまれてしまうのだ。

五つ離れた兄は、どんぶり勘定で昔気質《かたぎ》な父親に代わり、柏酒店の実質の経営者のようなものだった。忙しい彼に「配達先の従業員が気に食わないから行きたくない」など、いかな甘ったれを自覚する一夏でも、あまりに子どもっぽい言い分を口にだすのははばかられる。

「気をつけて行っておいでね」

「……わかった」

むうっと子どもっぽく拗《す》ねた唇で答えると、おかしそうに一春は笑った。


一夏は、創業は江戸時代に遡《さかのぼ》るという由緒ある（要は古い）酒屋を営む、柏瀬家の次男坊だ。末っ子の特権をほしいままに、年のいった両親としっかりものの兄である一春に甘やかされるまま、標準よりも華奢ではあるが元気いっぱいにのびのびと育てられた。

小さいころからけっこうやんちゃで我《わ》が儘《まま》、でも憎めない、そう評されることが多かった。それでも忙しい両親に無理にかまえと言うこともなく、家事手伝いもちゃんとする。働く家族に食事を用意するのは一夏の務めで、料理のほうはけっこうな腕前だ。また高校に入った辺りから自分の遊ぶ金くらいはバイトで稼ぐようにしていたし、はめを外して誰かに迷惑をかけるような行動もしたことはない、ごく普通でまっとうな、いい青年である。

アウトドアが好きで、なかでも釣りが趣味の一夏は、長期にわたる大学の夏休みには昨年と同じく、どこかのきれいな渓谷《けいこく》にでも行って川魚でも引っかけつつのキャンプを目論《もくろ》んでいた。

前期試験の終わりごろからは、アルバイト雑誌をめくりつつ、日程に融通《ゆうずう》の利く短期の、給料は日払いのバイトのいくつかに目星をつけてもいた。

少々過保護な兄の一春には、躍起《やっき》になってバイトを探さなくとも家の手伝いをすれば給料はだすと言われたけれど、『お兄ちゃんからのお小遣い』に対するなんとなくの気恥ずかしさと、ささやかな反抗を覚えて、「軽トラの配達なんかダサイからヤダ！」の一言で、温厚な兄を苦笑させた。

好きなことを好きなように、自分のペースでやりなさい。

いつも一夏に言ってきかせる言葉のとおり、そのときの一春は「じゃあ早く決めないとね」と言ったきり、家の手伝いを強要しようとはしなかった。

一春が大学を卒業して以来、両親と兄の三人で切り回している店は、平成の大不況もなんのその、三代以上まえから馴染みの、お得意様のご厚意もあってそこそこ順調に、平和に営まれていた。

だから一夏も安心して、アルバイトに精をだすことができたのだ。喫茶店のヘルプ、コンサートの警備、雑誌で見つけたり友人に紹介されたりと、好奇心と刺激を求める若さに任せて、持ちまえの懐っこさでたくさんの友人を作りながら、馴染みの釣具店に取り置きしてある釣り竿《ざお》と、まだ見ぬ渓流のきらめく魚たちに、うっとりと想いを馳《は》せていた。

ところが。夏休みに入ったとたん、予定を覆《くつがえ》す番くるわせは起こってしまった。

一夏の父親である一徹《いってつ》が、配達の途中で倒れてしまったのだ。

その日友人と遊びにでていた一夏は携帯に入った報《しら》せに仰天《ぎょうてん》して、青くなりながら家に取って返したのだが、幸い軽い暑気あたりとぎっくり腰ということで、横たわった父親に「人騒がせな」と怒鳴《どな》りつつ、ほっとしていた。

一月ほどは重い荷物など持たないよう、医者から厳命を受けた父親は、コルセットを巻いた身体をしきりに悔しがっていた。働くのが好きな、名前のとおり頑固一徹な父親ががっくりと肩を落としているのを見つけ、さすがに一夏も胸が痛んだ。

――配達、どうしようかね……。

おっとりした口調で呟いた母の言葉に、一春も深く頷《うなず》いた。

働き手がひとり減ることは、けっこうな打撃だ。卸し業も兼ねる柏酒店の営業内容は小売の店舗だけではなく、個人宅や飲み屋などへの配達もあった。ましてやこれからのビールの美味《おい》しい時期には、大口の注文もたくさんやってくる。重い酒瓶を荷台からあげ下ろすそれははっきり言って体力勝負で、脚に故障のある一春にはとてもできることではない。頑張り屋の彼はきっとつらいとも言わずやってのけるだろうけれど、そんな姿は弟として見たくはなかった。

だからこそ、一春が家の手伝いをしてほしいと頼みこんできたとき、カッコがどうのと言っている場合かと、ふたつ返事で引き受けたのだ。

昔からの馴染みとはいえ感じの悪いお客さんもいるし、炎天下に車を走らせるのも楽ではないことくらい、幼いころから見てきたことだ、一夏とてわかり切っている。

もろもろのしんどさを覚悟のうえではじめた「仕事」であるのに、早くも音《ね》をあげそうになっている自分が情けない、と軽トラのエンジンをかけつつ一夏は思う。

「領収書、忘れるなよー」

「おーう。いってきまあす」

いってらっしゃい、と手を振る一春に、親指を立てて車を発進させる。兄の姿がバックミラーに映らなくなるころ、張りつけていた笑顔をほどいて、細い眉はむっつりとしかめられた。

「なんだチクショウ、ぺーっと配達してぱーっと帰りゃいいだけじゃねえか」

一夏は「新しいロッド、渓流釣り、金、カネ、金！」と口のなかでぶつくさ唱え、脳裏に浮かんだ黒ベストの姿を追い払おうとアクセルを踏む。

少々短気だが、根が素直で直情な一夏は、一晩明けても怒りを持続させたり根に持つということは滅多にない。それだというのに、名前もまともに知らない男の冷たい瞳はやけに印象深くて、脳裏の端っこに引っかかったままなのだ。

腹の奥がきりきりして、落ち着かなくて、血が騒《ざわ》つく。

あとから思えば、それはなにかの予感だったのかもしれないけれど。

このときの一夏は、怒りによく似た逸《はや》るようなこの気持ちを持て余し、逃げ水の見えるアスファルトのうえ、ひたすらにアクセルを踏むのだった。

＊　＊　＊

炎天下、いくつかの配達を済ませ、傾きかけた日差しにほんの少し肩の力を抜いた一夏は、最後の難関をクリアすべく軽トラのアクセルを踏みつける。住宅地を抜けて二十分、大通りの三叉路《さんさろ》を右に逸《そ》れて、繁華街の並木道が切れた辺りにその店はあった。

企業の大型倉庫であった建物を改造し、若者向けのバー・レストランとして『ｘｙｌｏｐｈｏｎ』が開店したのは、二年ほどまえのことだ。一頃には流行《はやり》だったコンクリート打ちっぱなしの外装は、いまさら目新しいものでもないが、そこそこお洒落《しゃれ》な雰囲気を持つ内装や、手頃感のある価格と豊富なメニューに惹《ひ》かれ集まるひとびとでいつでも店内は賑《にぎ》わっている。一夏も大学の友人たちと呑みに来たこともあったし、勘違いした高校生《コドモ》などが寄りつかないことでも、この辺りでは割合人気のある店だ。

父親があんなことにならなければ、ここでバイトしようと考えたこともあったが、ヤツの存在を知ったいまではやめて正解だったと思う。あんな仏頂面の、おっかなそうな男といっしょに働くなんて冗談じゃない。

信号待ちの合間、遠目にもはっきりわかる、店名のイニシャルに名前を表す木琴をイメージしたオブジェがアレンジされた看板を睨みつけ、「あのヤロウ……」と一夏はうなる。

なにしろこの店はもとが倉庫だったせいで、裏口の所在もわかりにくい。『ｘｙｌｏｐｈｏｎ』への配達がはじめてだった一夏は「ＣＬＯＳＥ」の札のかけられた玄関口でまず途方に暮れた。あとから思えば、携帯から電話でも入れればよかったのだが、焦っているときにはどうにもそこまで頭が回らない。

どこかに従業員はいないかと、仕方なく辺りをうろついていたとき、そこで声をかけてきたのがあの男だったのだ。

最初はドアが開いた瞬間、助かった、と思った。だが、ここしばらくで習い性のようになっていた営業用の愛想笑いを凍りつかせるほど、あのバーテンの纏う気配は剣呑《けんのん》で、取りつく島がなかった。それでまた腹が立つのが、憎々しげな態度やそっけなさすぎる物言いでさえ、様になるような男前だったことだ。

自分もあんなふうなルックスだったら、ミニパトの婦警さんに笑われたり、行く先々でお子さま扱いされずに済むのだろうか。彼女だって、もっとちゃんとできるかもしれないのに。

そんなふうに、ちょっとばかし羨《うらや》むような気持ちも持ってしまったから、余計に腹立たしい。

あのあと、すさまじい勢いで積みあげたビールケースに息を切らし、サインをよこせ、と差しだした納品書に、端整な顔立ちを惚けさせたままの男は無言で「上川」とサインをした。

ありがとうございましたっ！　と怒鳴るように頭を下げ、走り去った自分の行動は、確かにいかにも子どもっぽかったかもしれない。それが恥ずかしいやら、情けないやらもあって、正直なところ気まずくて顔をあわせたくないのだ。

ウエカワだかカミカワだか知らないが、とにかくあの男には会いたくなかった。

けれど、一夏が少女めいたふっくらした唇を尖《とが》らせている間にも、車は進み、どんどんとそれは近づいてくる。

「……行くか」

正面入口まえの駐車場に停車させたあと、深くため息をついた一夏は重い腰をあげる。

インターフォンを鳴らし、別のヤツだといいな、と思いつつ開かれた『ｘｙｌｏｐｈｏｎ』の、裏口ドアの向こうにたたずんでいたのは、やっぱり例の仏頂面男ウエカワだった。

「配達でっす」

「どうも」

せっかくの小ぎれいな顔をむっつりと歪めたままの一夏に、相手も吐息混じりの言葉を返してくる。その声音は低く平坦で、客相手にずいぶんと失礼な態度を取った一夏に対して、どういう感情を持っているのかまったくといっていいほどわからない。

「運んでくるんで、納品内容確認してください。で、最後に納品書にサインお願いします。あと、集金日なんで今月の支払いもお願いします」

必要事項以外口もききたくなくて、早口にそれを言い切ってしまうと、空になったビールケースを抱えて、相手の返事も待たずに早足でトラックのほうへと戻る。

（うー……重てえ）

本当はこのドア傍に車を横づけできれば搬入も楽なのだが、通りに面した店の正面入口から真反対に位置する裏口は、隣接するビルとの隙間《すきま》の路地を通らなければ入ってこれない。

「……っせー、のっ！」

ひとひとり通るのがやっと、という狭い空間を、一夏は汗だくになりながら何度も往復する。一昨日、一気に運んでしまったときよりも、今日のほうが量は少ないはずなのだが、何軒か配達を済ませてしまったせいか、それとも「怒りのパワー」が足りないせいか、ひどくしんどい。

必死の形相《ぎょうそう》の一夏を、男は一言も発さないままじっと眺めていて、それがまた居心地悪い。指の股ぎりぎりに挟んだ煙草を口元にあてた仕草がなんとも様になっていた。制服の真っ黒なベストは肉厚ではないが張りつめた筋肉の持ち主であることを強調させ、いかにも「夜のひと」といった感じだ。

壁にもたれ、嫌味なほど長い脚を軽く組んだ立ち姿はスマートで、汗だくのTシャツ姿の自分がなんだか恥ずかしくなる。

（なんかこれじゃ、ひがんでるみたいだ）

だんだんと自分の苛立ちが理不尽であることに気づいて、暑さと重労働に真っ赤になった頬のまま、黙々と一夏は重いケースを運び続ける。

そして、ようやく半分ほどを積みあげたころ、肩で息をする一夏に、ごく低い声がかけられた。

「おい」

「なんですか？」

短くなった煙草を足元に落とし、じっと一夏を見る男に、邪魔をするな、という一瞥《いちべつ》を向ける。

こういう力仕事は、一息にやってしまわなければ余計に疲れるのだ。イライラとした視線の一夏に吐息した男は、「あとどれくらいだ」と静かな声で問いかけてくる。

「すみませんね、とろくてっ」

我ながらかわいげのない態度だと思いつつ、乱暴に積んだケースから腕を離すや駆けだそうとした一夏の腕を、ひんやりした指に摑まれる。不意の接触と、恐ろしく違う体温にぎょっとなり、一夏は声を上擦《うわず》らせた。

「な、なんだよっ！」

「おまえちょっと、そこ座ってろよ」

きいっと眦を吊りあげた一夏にはかまわず、男は制服のベストを脱ぎ、袖《そで》をまくりながらぼそぼそと言った。

「俺が運んでやるから」

「は?」

予想外の台詞に惚けた一夏を強引に空のケースのうえに座らせ、すたすたと男は歩きだした。

「茹《ゆだ》ったみたいな顔してる。倒れられても困る」

「な……え、ちょっ……」

広い背中越し、言い捨てるようにして去っていく長い脚の持ち主に、一夏は慌てて駆け寄った。

冗談じゃない、こんな男に借りを作ってたまるものか。

「ちょっとっ、困るよ! ……ええと、あのウエカワさん!」

呼びかけようとして、彼の名前がどう読むのかいまいち自信の持てない一夏が口籠もると、またもやぼそりとした声が返ってくる。

「カミカワだ、上川。上川総司」

ウエカワ、もとい上川総司の、振り返った顔はやはり無表情で、およそ親切をほどこしてくれようというものではない。一夏は余計混乱し、それでも、と追い縋《すが》る。

「えと、上川さん、それ俺の仕事なんだから! とろくさいのは悪いけど、すぐ終わらすってば!」

見あげた瞳の色素はやけに薄くて、それがいっそう総司の表情を読み取りづらいものにしている。うしろに撫でつけた、少し癖のある長い髪の隙間からシンプルなピアスが覗いて、鈍い光沢の金属が夕映えに染まっていた。

（あ、ピアス）

不機嫌そうな表情にばかり目が行っていた一夏だったが、腹立たしさに紛《まぎ》れても、すっきりと整った顔立ちの総司が男前であることは認めていた。

それでも至近距離ででくわした、なかなかお目にかかれないほどの端整な顔立ちに、一瞬惚けたようになってしまった自分に気づき、わけもなくうろたえる。

「とにかく、いい、いいです！」

強硬に拒む一夏に、総司は深く吐息する。

「根に持ってんだろ、おまえ。……カシワセカズナ、だっけか」

「え？」

唐突な台詞に一夏が目を見開くと、長めの髪をかきむしった総司は、首筋に手をあてて眉をしかめる。

「このまえ、高校生と間違えたとき。……えれえ怒らせたみたいだから、悪かったと思ってんだよ、こっちだって」

「な……そ……」

ちっ、と舌打ちをしながらの台詞には、少しも悪そうな気配がない。

「それが顔見るなり睨んでこられちゃ、謝るに謝れねえだろうが」

「そ……んな、偉そうな言いかたで謝るもくそもあるかよ！」

頭上から睨み下ろされ、一夏も反射的に怒鳴り返した。大体、悪かったと思っているわりにはあまりにふてぶてしい態度ではないか。

「だから手伝うっつってんだろ」

だが、一夏の台詞にふいと目を逸らし、眇めた目をあわせないままの総司のぶすっとした表情は、不貞腐《ふてくさ》れた子どものようにも見えてくる。

偉そうなくせして妙にシャイなその表情に、変なヤツだな、と思いながら、ほのぼのしたおかしみを覚えて、一夏は無意識に小さな微笑を浮かべていた。

（あれ、なんかいい匂い）

その「変なヤツ」の胸元からは、コロンのようなさわやかな香りが漂ってくる。狭い路地、奇妙に密着した距離にいる汗みずくの自分が妙に恥ずかしくなって、暑さのせいばかりでもなく一夏は赤くなりながらあとずさった。

「……？　なんだよ」

「なんでもねえよっ！　くそ、てめえのせいで時間食っちまったじゃねえか」

うろたえてしまった自分への照れ隠しのように悪態をつき、一夏は細い脚でずかずかと軽トラのほうへと歩いていく。

「あ、おい」

「手伝ってくれんだろっ」

ぶっきらぼうに言い捨てながら、それでももう背後にいる背の高い男を、さっきのようには嫌いではなくなっている。

「おまえ仮にも年上に向かって、てめえはないだろうが」

どうあっても一夏を年下だと決めつけている態度には、カチンとさせられる。

「ああ？　んじゃ、あんたいくつよ」

「二十一。おまえ、この間ハタチって言ってただろ。ご丁寧に、免許証まで見せてもらった」

「……う」

ほらな、というように流し見られて、一夏は「おまえってゆーな！」と真っ白な並びのよい歯を剥《む》きだしにする。

「ああもう、わかったからさっさと運べ！」

「偉そうに言うなっ！」

ふたりして荷台からケースを降ろしながら、それでも応酬される言葉は穏やかとは程遠いけれど。

少なくとも第一印象のまずさを、このときの一夏は、忘れてしまっていた。

＊　＊　＊

八月に入ると、暑さはいよいよ本格的なものになる。

めでたくハタチの誕生日を迎えた一夏は、相変わらず軽トラを走らせ、お得意様を飛び歩く毎日が続いている。だいぶ体力もついたと見えて、はじめのころのように暑気あたりで気分が悪くなるということはなくなったようだった。

余裕もできたと見えて、『ｘｙｌｏｐｈｏｎ』への配達の折には日陰に座りこみ、ちょっとばかり休憩して、また元気に次の配達先へと去っていく。

この日も一夏は空のビールケースに腰かけて、火照《ほて》った頰を扇ぎながら、ぱらぱらと旅行雑誌をめくっていた。

「どっか行く計画でもしてんのか？」

「うあ？」

棒つきのアイスをくわえたまま生返事を返す一夏は、溶けだすそれが地面に零れるのを気にしつつ誌面を読むという、器用なことをしている。口にすればまた怒るだろうから言わないものの、こういうところがガキ臭いんだと総司はこっそり苦笑する。

「食うか喋《しゃべ》るかどっちかにしろよ」

「んー。……どっかね、山とか川とか、どこでもいんだけど」

小さめの口にくわえたアイスキャンディは総司の奢《おご》りで、差しだせば一夏も素直に受け取り、アイドルめいたかわいい笑みなど見せるほどには警戒を解いてくれたようだった。

また総司も、例によって荷降ろしを手伝い、納品書にサインもしたのだから店に引っこんでもかまわないというのに、日陰とはいえ蒸し暑い店外で煙草を燻《くゆ》らせている。

相変わらず生意気な口はきくし、出会いが出会いであったせいか性格ゆえか、どうにも喧嘩腰で、穏やかな会話というのが成り立ちづらいふたりではあったが、毎日といっていいほど顔をあわせていれば、いい加減互いに馴染んでもくる。

総司の抑揚のない重い声質と、ぶっきらぼうな話しかたにも一夏は臆さない。それが総司の個性なのだと知ってからは、特にからかいでもしないかぎり、さらさらと受け流すようになっていた。

意識されないことが、これほど楽なのだとは知らなかった総司は、自然と口数が多くなっていく自分を不思議に思いつつ、忙《せわ》しない一日の間に訪れる一夏との会話をなんとなく楽しみにするようになっていた。

「キャンプでもするのか」

「山登りじゃねえけど。……あ、でもそれもいいかな」

気が強く、下手なことを言って怒らせようものなら喧《やかま》しいことこのうえない一夏だったが、素の彼は明るくまじめで、案外素直な青年だということはすぐにわかった。

沈黙はあまり得手ではないらしく、あまり口のまわるほうでもない総司にも、一方通行とわかっているだろうになにくれと話しかけてくる。おかげで、ごく短い期間であるにもかかわらず、彼の家庭環境や、どこの大学に通っているか、しっかりと覚えてしまった。

自身に、うしろ暗いところがないのだろう。内面から発せられる陽性の気質は歪みがなく、いつまで経っても日焼けしないさらりとした肌のように、あたたかく透き通っている。年齢のわりに子どもっぽく感じられるのも、いまどきめずらしいほどの濁りのない一夏の性質ゆえだった。

思うところの多い自分自身や、その状況が決して明るいものだとは言い切れない総司にとって、とうになくしてしまったものを、一夏はまだ持っている。

それは一夏がことさら幼いというよりも、その素直さを嫉《ねた》ましいと感じることもなく、眩《まぶ》しいような、なつかしいものを眺める気持ちでいる総司のほうが、年齢よりも老成してしまっているせいだろう。

ひとつ違いであるのに、精神年齢にギャップのある総司のことを、「ジジ臭い」と彼はときおり笑う。

言葉遣いにしても、総司はあまりいまどきの言葉が好きではない。流行語をあえて排除した喋りかたは、荒っぽいわりにはどこか硬いので、余計にそんな雰囲気もあるかもしれない。

「なんか、きれいな渓谷とかあるとこ知らない？」

「ケイコク？」

そう、と頷く一夏の瞳には邪気がない。

水商売のバイト歴が長く、いろいろと人間の嫌な面も見つけることの多かった総司は、本来そうした人種はあまり得手ではない。幼いころから人づきあいは苦手だったし、いろいろあって鬱屈《うっくつ》した十代を過ごしたせいで、『ｘｙｌｏｐｈｏｎ』の店内でも、現在通っている大学でも、心底打ち解けた友人はいないに等しい。せいぜいが大学の先輩でもあった、店長の中谷《なかたに》くらいだ。

他人と必要以外に口をきくのは億劫だとさえ思うのに、不思議と一夏にはそれを感じない。自分のことをいろいろと口にはするくせに、総司のことをほとんどといっていいほど訊《たず》ねてはこないことが、一夏に感じる「気楽さ」のゆえんだろう。下町に育った末っ子らしく、ひととの距離感をはかるのがうまくて、懐っこいくせに踏みこんでこない。

腹を探るようなやりかたをしないせいで、却ってどんどんとこちらの懐《ふところ》に入りこんでくるのだ。きつい顔立ちのおかげで同性には一線引かれ、異性からは妙にねばっこい視線で追いかけ回されることの多い総司は、そのあっさりした手応えが新鮮で、面白かった。

「いまの時期だと……ちょっと北のほうがいいか。涼しいし」

いいねえ、と笑った一夏は細い腕をひょいと伸ばし、食べ終えたアイスのバーを持つ肘《ひじ》をあげ下げする。そのアクションに、おや、と目を見張った総司は、次の台詞に思わず相好《そうごう》を崩した。

「きれいな川べりでキャンプしてさ、釣った魚焼いて、食うの。……っかー！　行きてえ！」

「釣り、好きなのか？」

うん、と大きく頷いた一夏は、でもさ、と続ける。

「なんか半可通《はんかつう》がうろついてて邪魔くせえんだ。これ見よがしにルアーとか買いこんで、うんちくばっかたれてんの。海はまだましなんだけど、湖なんかサイアク」

「ああ、マナー悪いんだよな、ああいう手あいは。キャッチアンドリリースはいいけど、きちんと枝針取ってやらないから、魚も痛むばっかりだし」

ごく自然に相槌《あいづち》を打った上川に、あれ、と今度は一夏が首を傾《かし》げる。

「……って、上川さん、釣りなんかすんのか」

どうせ似あわないと言いたいのだろう、と眉をしかめながらも、口元は笑ってしまう。

「なんかってなんだよ。俺は釣り歴十五年だ」

「ええ⁉」

大げさに驚く一夏の丸くなった瞳に、上川は思わず笑ってしまう。

「なんだ、その顔」

「いや、ちょっと……意外で」

そのまんまのコメントに、もはや怒る気もせず苦笑すれば、だってさあ、と一夏は唇を尖らせた。

「なんかそういうアウトドアなイメージないんだもん。棲息地《せいそくち》『夜』って感じで」

「……悪かったな」

わざと渋面を作ってみせると、素直に「ごめん」と頭を下げる。しゅんとなった表情がおかしくて、どうせ似あわねえよ、と呟くと、慌てたように話題を変えてきた。

一生懸命なその態度がおかしくて、やはり笑ってしまった総司にからかわれていたことがわかると、またむきになって噛みついてくる。

「な……っんだよもう！　ふざけんなっ！」

「悪い悪い、悪かった」

声をあげて笑うことをずいぶん忘れていたことに気づいて、総司はまた笑ってしまうのだ。

互いの釣果を自慢しあい、海釣りか山釣りかの議論を白熱させているうちに、気づけばずいぶんな時間が経っていた。

「うわ、やっべ！　次の配達あるんだった！」

慌てて立ちあがり、ジーンズの尻を叩いて駆けだした一夏に、「事故るなよ」と声をかける。

「あ、おい、雑誌忘れてるぞ」

「あげるよっ。……あ、そうだ」

言い捨ててわたわたと走り去る一夏は、しかし途中で立ち止まり、くるりと振り返る。

「アイス、ごちそうさん！」

急いでいるくせに、きっちりお礼の言葉をのべて、総司のいらえを待たずにまたきびすを返す。

「……ったく」

言葉だけは、騒がしいヤツだとぶっきらぼうに呟いた総司の薄い唇は、やわらかな笑みを形作っていた。

＊　＊　＊

配達を終え、帰宅するころになってぱらぱらとフロントガラスを叩きだした雨に、一夏は「まいったな」と独りごちる。

この日は朝からどうも天気がすぐれずに、鈍く重い曇天《どんてん》に頭を押し潰されているような、嫌な圧迫感を覚えた。湿度が高く、車中にいてさえ身につけた衣服もじっとりと湿っているような感覚に、思わず眉をしかめてしまう。

ワイパーを動かしラジオのスイッチをつけると、タイムリーにもカーペンターズの有名な曲が流れてきた。明確な歌詞の意味は知らないけれど、きれいで透明な女性の歌声と、どこか物寂しい雰囲気に、雨の日に訪れない恋人を待ち続けるような、哀しげなイメージを一夏は連想する。

一春がこの手の曲が好きで、スタンダードジャズや外国のポップスは、彼に拝借したＣＤやレコードで覚えたようなものだ。ロマンチックでやさしく、どこか寂しい、そんな曲が一夏も好きだった。

この間もビールケースを積みあげながら、「イエスタデイ・ワンスモア」を口ずさんでいたら総司にやたら意外そうな顔をされた。

「カーペンターズ？　一夏が？」

見た目が元気印をぶら下げているので、そういうしっとりした曲が好きだとは思えないのだそうで、またばかにするのかとむくれると、そうじゃないぞと少し慌てるのがおかしかった。

「春ちゃ……兄貴が好きなんだよ。で、小っちぇえころから聴いてたから、ほとんど全部歌える。エーゴは嘘っぱちのぐちゃぐちゃだけど」

ふうん、とわずかに笑った総司の瞳は和んでいて、めずらしい表情に少しドキリとした。

気を許した表情をすると、総司のシャープな顔立ちは恐ろしく甘くて、この男がやはり俳優ばりの「いい顔」をしていることを思いださせる。

「あと、エニグマとかビョークとかも好きっつってたから、案外めちゃくちゃみたいだけどね」

「多趣味なんだな、おまえの兄さん」

「気が多いっていうか。でも、CDよりレコードのほうが音があったかくていいって言ってる」

「……へえ？」

いい趣味なんじゃないか。静かな声で総司は言う。

自慢の兄を誉められたのも嬉しかったが、それ以上に「俺もそういうの好きだ」と呟くように言った総司の言葉に笑み崩れる。この手のやわらかな表情が、滅多に人目に触れないことを、一夏もよく知っている。

「へへ、だろ？」

思うに、総司は相当の人見知りのようで、それは配達の合間に、『ｘｙｌｏｐｈｏｎ』の他の従業員や、近所の店の人間などと会話する彼を見かけるだけでも充分に知れる。表情が硬くて、はじめて一夏が出会ったときのように、きりきりした気配が声や瞳から滲んでいる。

また、総司目当ての常連客（これはほとんどが女性ばかりだ）には、最低限の礼儀は払っているようだったが、もったいないと感じるほどにそっけないのだ。

短い期間にここまで彼のテリトリーに踏みこんだのは一夏がはじめてのようだった。人馴れしない、野生のきれいな獣を餌づけしたような不思議な優越感を覚えて、このところ一夏の機嫌はすこぶるつきでよい。

暇ができたら、いっしょに釣りに行こうよと誘ってみたら、確約はできないが時間が作れたら、という答えをもらった。

あまり自分のことを話そうとしない総司だが、いろいろと忙しい日々を送っているようなのは、少ない言葉の端々やその態度から知れる。だからたとえその約束が果たされなくても、その場しのぎの「いつか」を口にしない彼の言葉で、一夏は充分満足だった。

「……雨、あがんねえかなあ」

視界の悪いなか、車を走らせ、さして意味のない言葉を呟きながら、つらつらと脳裏をよぎるのは、背の高い男のことばかりだった。

自他共に認める「ハタチにしてお兄ちゃん子」の一夏は、もとより同年代や年下よりも年上の人間にかまってもらうほうが好きだ。だから、総司に懐くように甘えることにも、気を許すことにも、なんの疑問も持ちはしなかった。

甘ったれの自覚があった分、その他の感情については無意識に目をつぶってしまっていたのだ。

深みにはまって、引き返すこともできないほどに傾斜していく気持ちの先になにがあるのかなど、まるで考えることもなく。

「——え、休み?」

いつものように『xylophon』への配達に訪れた一夏は、受け取りに現れたのが総司ではなかったことに少し驚いた。

「そうなんだよ、鬼の霍乱《かくらん》かな。風邪引いたから休ませてくれって、電話あってね」

柔和《にゅうわ》な笑みを見せた中谷は、一夏も何度か顔をあわせたこともある。総司とさほど変わらない年齢に見えるが、この店のれっきとした店長である。

スレンダーな長身の中谷は長めの茶髪で、ちょっと見は年齢不詳のナンパな優男《やさおとこ》ふうだが、二十代半ばで雇われとはいえこれだけの店を任されていることから、けっこうなやり手らしいと以前父親が話していたことがある。

やわらかい声に教えられた総司の「風邪」について、少しばかり思い当たることのあった一夏は、整った眉をかすかにひそめた。

ここ二、三日続いた雨の間に、この店への配達もあったわけだが、積み降ろしの最中ひどい降りに見舞われたとき、制服が濡れるからいいというのに総司は手伝ってくれたのだ。

(あのせい、かな)

ずぶ濡れになったというのに、しばらくすれば乾くとうそぶいて、そのくせ、一夏にはタオルを手渡して店に戻っていった。

もしもそのせいで体調を崩してしまったのだとしたらと、ひどく申し訳ない気持ちになる。

「はい、じゃこれ。確かに受け取りました」

ひょいと差しだされたサイン済みの納品書に、物思いに沈みそうになっていた一夏は、はっと顔をあげる。

「ありがとうございます。……えと、あの」

「ん？」

総司の様子はどうなのか訊こうとして、一夏はふと口籠もる。

聞いたところでどうするというのだろう。考えてみれば彼の住所も知らないし、むろん電話も教えてもらったこともない。第一、親元だったらそんな心配をするほうが迷惑かもしれないし、いらないお世話だろう。

すっかり親しいつもりでいたけれど、そんな基本的なことも知らない自分がずいぶんとおこがましく思えて、内心落ちこみそうになりつつ、不思議そうな中谷には「なんでもないです」と笑って誤魔化《ごまか》した。

じゃあ、と頭を下げ、うしろ髪引かれる気持ちで立ち去ろうとした一夏に、「ちょっと待って」という声がかけられる。

「ねえ、キミさ、よく総司と話してる子だよね？　カズナくんでしょ」

やんわりとした、だがどこか探るような声音に、一夏は訝《いぶか》りながらも立ち止まる。

「あ……そうですけど。あ、あの別に上川さんさぼらせてるわけじゃ」

いつも手伝ってもらうことや、他愛ない「休憩時間」のことを咎められるのかと、言い訳をはじめた一夏に、違うよ、と中谷は微苦笑を浮かべる。

「アレはヤツの空き時間でやってることだから。そんな、警戒しないでね」

「あ……スンマセン」

見当違いであったことに赤くなった一夏を見つめ、微笑《ほほえ》ましいような表情を浮かべた中谷は、なにを思ったのか「ふうん?」とひとりで何度も頷く。じいっと凝視《ぎょうし》する視線は居心地が悪く、もぞもぞと身動《みじろ》いだ一夏はなんとなくあとずさった。

「あのう……」

妙な間に耐えられず、もう行ってもいいかと訊ねようとした一夏に、中谷はにっこりと笑いかけた。

「ねえ、今日の夜とかって空いてるかなあ。ちょっと頼みがあるんだけど」

「え? う……いや、暇ですけど」

つい馬鹿正直に答えてしまい、変なこと頼まれたらイヤだなあ、と一夏は眉間《みけん》のしわを深くする。悪いひとではなさそうだが、一春の温和さとは微妙に違う空気の漂う中谷は、なんだか食えない感じがするのだ。

「あはは、だからそんなに警戒しないでくれないかなあ」

困ったように笑いながら、ちょっと待っててと中谷は店内へ去っていった。そして、茶色い封筒片手に一夏のもとへ戻ってくる。

手渡されたその封筒の表には、アパートの住所らしき走り書きと最寄り駅の地図が書かれている。なかには、手触りからいってお札が入っているようだった。

「これをね、総司に届けてくれない？　ヤツの今月の給料なんだけど」

「え？」

言われて、手元に目を落とす。いくら入っているか知らないが、常勤のバイトの給料といえば、けっこうな額ではないのだろうか。

「あ、ただとは言わないし。電車賃と、お礼はちゃんと」

「いや、そんなのはいいんですけど」

部外者の人間に、そんなことを頼んでいいものか？　と訝った一夏に、頼むよ、と中谷は拝んでみせた。

「総司が抜けちゃって、ただでさえ今日人手足りないんだ。それに一夏くんならアイツのダチだし、なにより柏さんちのひとだから、素性が怪しいってわけでもないでしょ？」

他に頼めるひといないし、頼むよと、中谷に再三頭を下げられ、一夏は慌てて手を振った。

「か、かまわないんですけど……これ、振りこんだほうが話早いんじゃあ？」

至極もっともな一夏の台詞に、中谷は苦笑する。

「それがねえ……」

「あーっ、もーっ、ばっかじゃねえの⁉」

大きな紙袋をぶら下げながら、一夏は早足で駅までの夜道を歩いていた。なかに入っている惣菜《そうざい》には汁物もあるので、タッパーづめとはいえ気を遣う。

「できあいの買えばいいのに、もう！」

ぶつくさ零す言葉は、この夏場に風邪を引いた総司と、なんだか気合いを入れて「見舞いの品」をこしらえてしまった自分自身に向けたものだった。

中谷に聞かされた話によると、総司はひとり暮らしであるとのことだった。なにやら事情もあるらしく、詳しくは話してくれなかったものの、親元には頼れないとかで、生活費はすべて自分で賄《まかな》っているらしい。

肩に担いだデイパックのなかに、預かった茶封筒はしっかりしまってある。その中身が総司の命の綱であるらしいのだが、土壇場《どたんば》で受け取れなくなってしまったため、風邪のまま食べる物もなく家で引っ繰り返っているというのだ。

（先月までの給料、もう底が尽きちゃったらしくってさあ……うちの給料、そんなにお安くないんだけど）

貧乏ってほどでもないんだけど、やりくりするヤツじゃないしね、と呆れ笑う中谷は、給料袋の他に自分の財布から諭吉《ゆきち》さんを一枚、一夏に手渡した。

――なんか、食い物でも買っていってくれないかな？　残った分は、キミの小遣いにしていいから。

自分でもわけのわからない怒りのようなものに突き動かされていた一夏は、無言のままそれを受け取って頷いた。頼まれるまでもなく、見舞いには行こうと思っていたのだ。体調を崩したのは、あの雨の日に手伝ってくれたおかげなのだろうから。

心配なのだか腹が立つのかわからない、混乱した感情をそのまま顔にのせた一夏に、中谷はやけにやさしい笑みを見せた。

――なんですか？

微笑みの意味がわからずに訊ねる一夏に、なんでもないよと中谷は首を振る。腑《ふ》に落ちないまま立ち去る一夏に、今度店に来てくれたらサービスするよ、と笑う彼はやさしげで、警戒したりして悪かったかな、とほんのちょっぴり思ったりした。

中谷と別れた一夏は、配達を済ませてからいったん家に戻り、シャワーを浴びて、汗でどろどろの服をとりあえず着替えた。

そこで、ふと「総司の家の冷蔵庫は空っぽらしい」と言っていた中谷の言葉を思いだしてしまったのだ。時計を見れば、まだ五時を回ったところで、柏瀬家の冷蔵庫のなかにはこまめな母が買い置きしてある食材がぎっしりつまっている。

(今日はともかく、明日も起きれるかわからないし……腹、減ってるって言ってたよなあ。……夕方のスーパーなんか、惣菜ろくなの売ってねえよなあ)

ちょっとうっかりそんなふうに考えて。

根菜や挽肉《ひきにく》を引っ張りだしつつ、腕まくりをする一夏の目は、かなりマジ、だった。

身体が弱っているならあたたまるものがいいだろう、レンジがあるかもわからないから、冷めても食べられる煮物がいいか——。

「あれ、なっちゃん、お見舞いに行くんじゃないの?」

「え?」

そんなことを考えつつ、気づけば普段の我が家でもこんなには、という品目をこしらえて、一春の言葉に我に返ったのはもう八時すぎである。げ、と一夏はわめき、慌てて蒸気の零れる蓋《ふた》を摑む。

「うあ、あっち、あちぃーっ!」

焦ったせいで余計な火傷《やけど》まで作ってしまった一夏に、呆れたような一春の声がかけられた。

「ああ、なっちゃんもう、俺がつめてやるから支度しなって」

「ごめーん!」

慌てふためきながら一春の手伝いを得てタッパーにつめこんだのは、一夏お得意の五目煮と、ジャガ芋《いも》のそぼろあんかけ、竹の子と白身魚の炊きあわせ、他三品。

やりすぎた、と思っている一夏を気遣ってか、一春は「重いから気をつけて」との苦笑混じりの言葉の他には、なにも言いはしなかった。

総司の住むアパートは、一夏の家からもそう遠くはない。ちょうど同じ私鉄の沿線上なので、訪ねるのには労はないのだが、しかし。

電車に揺られながら、ここまでやってやることはなかったんだよなあと、一夏はため息をつく。

家族には来てもらえないようだし、金もないのだと中谷は確かに頼んできた。だが、しかし。

(彼女っちゅーもんが来てるかもしれないじゃんね)

だとしたらこれは立派なお節介である。

しかし、作ってしまった料理は食うしかないし、電車に乗ってしまった以上行かねばなるまい？

(俺って、ほんと、アサハカ)

直情で、考えるよりもまず行動、というこの性格をなんとかできないものだろうか。

変なところで落ちこみつつ、車内に流れたアナウンスに、目的地へもうじきに到着することを知らされる。もう一度ため息をつきつつ、仕方ない、と一夏は肩をすくめた。

誰か来ているようだったら、持って帰ればいいだけのことさ。

心のなかでうそぶいて、その想像があまり快くない気がするのは、せっかくの料理が無駄になるせいだと考えた。

それ以外に、もやもやとわだかまる感情の正体を、理屈づけることのできない一夏だった。

＊　＊　＊

鈍く痛み続ける頭に、耳障《みみざわ》りなブザーの音が鳴り響く。真っ暗になった部屋のなか、うなり声をあげた総司は、もぞもぞと湿っぽい布団のなかで身動いだ。

一夏の危惧《きぐ》のとおり、数日まえの雨に打たれたせいで引きこんだ総司の風邪は、この日がピークに達していた。ひとり暮らしをはじめてからというもの、腹につめこむのはもっぱらコンビニ弁当か店のつまみを口にする程度という、総司の普段のろくでもない食料事情と不規則な生活にバックアップされ、数年ぶりで高熱などにも見舞われた。

もともとが丈夫なだけに、己れの体力を過信しすぎたと臍《ほぞ》を噛んでも、体調がよくなるわけでもないと仕方なく、一日中湿った布団にくるまったまうなっていたのだ。

寝汗をかいたせいでだいぶ熱も引き、頭痛も鈍いものになっている。少しはましになったなと思いつつ枕元の時計を探ると、夜の九時である。

（こんな時間になんだよ……）

だるさに耐えかね、来客を報せる音を無視していると、電子音であるにもかかわらず、なんだか控えめな気配でまたブザーが鳴らされた。

仕方なく起きあがり、寝乱れてぐしゃぐしゃの髪を片手でかき回しながら、不機嫌極まりない声をだす。

「――はい」

勧誘だったらぶっ殺す、と物騒《ぶっそう》なことを考えつつのいらえに、ドアの向こうから小さく聞こえてきたのは、意外な人物の声だった。

『あの……俺、一夏だけど』

「はい？」

今度はまったくイントネーションの違う「ハイ」で、総司は目をしばたかせる。熱に重い身体でのろのろと鍵を開けると、薄暗いアパートの廊下に、細っこいシルエットがたたずんでいた。

「……こんばんは」

「あ、ああ……こんばんは」

間抜けな挨拶《あいさつ》を交わしたあと、ふと総司は自分がよれたTシャツにトランクス姿であったことに気づき、「ちょっと待ってくれ」ともう一度ドアを閉める。いくらなんでも人前にでる格好ではないとスエットの下だけを穿《は》いたものの、相手は同性なのだからそこまで気を遣うことはないのかと、自分の慌てぶりを訝しむ。

だが、先刻ドアを開けた瞬間、熱にぼんやりした頭が一気に覚醒《かくせい》したような気分になった。さらさらした黒い髪を揺らした一夏は、昼間に見るのとはずいぶん印象が違う。薄闇にぽうっと浮かぶ白い顔に、印象的な瞳でじっと見あげられて、わけもなく総司はうろたえていた。

「……なにやってんだ、俺は」

そして一夏は、なにをしに来たのだろう。

微妙に混乱した頭のまま、もう一度ドアを開ける。明かりをつけた部屋はさまざまなものが散乱していて、ひどい有様なのはわかっていたが、取り繕《つくろ》う時間も体力もない。

「悪い、どうしたんだ?」

薄暗い通路には、なんだか眉をしかめたままの一夏がいた。あがれば、と促すと、うつむいたまま頷き、それでも玄関からあがってこようとしない。

「具合、どう?」

「は?」

唐突に訊ねてくる、への字に歪んだ口元がやはり子どもっぽい。まださかぼんやりとするまま関係ないことを考えていると、ふっくらとした小さな唇を一夏はもう一度噛んだ。

「熱だしたって……」

「ああ、なんで知ってんだ? ……って、おまえよく、ここわかったな」

汚いけどあがれ、と言うと、ようやく靴を脱ぐ。散らばったものを適当に端に寄せて座る場所を作ると、小汚い部屋を見回した一夏はなぜかほっとしたような顔をして、重たそうな紙袋を下げたまま、「お邪魔します」と小さく言った。

「中谷さんから、これ預かってきた」

はい、と渡されたのは給料が入っているとおぼしき封筒だった。表には、見覚えのある中谷の字でこのアパートの住所が記されている。

「なんだよ先輩も、よりによって一夏、使いっぱにするか？」

「先輩？」

「ああ、店長。あのひと俺の大学の先輩だったんだよ」

ありがたいとは思ったが、夜半にわざわざ届けさせるものでもなかろうと、総司は不機嫌な声をだした。だが、慌てたように一夏はぶんぶんと首を振る。

「あ、頼まれたの昼間だったから！　俺が遅くなっただけで……ごめん」

「いや、いい。助かった。悪かったな、ほんと」

熱もあるが、空腹のせいもあってどうにも身体に力が入らない。壁にもたれるように座った総司は吐息混じりに礼を言うと、一夏がなんだか居心地悪そうに身動いでいる。

どうした、と声をかけると、申し訳なさそうに肩を落として「ごめん」と言う。

「なんで？」

「だって、風邪……あのとき、濡れたからだろ?」

責任を感じているらしく、しょんぼりと呟く一夏に、気にするなと総司は苦笑する。

「不摂生な生活してるしな。おまえのせいじゃない」

はあ、とため息をついて、言われた言葉には納得しかねる風情の一夏は総司の顔を見あげた。

頼りなげな肩と顔立ちの一夏は、甘えるのが上手なようでいて責任感も強い。自分の仕事を手伝ったせいだと、自分を責めたりしたのだろう。まだ、さほど親しい間柄であるとは言いがたい総司のことを、懸命に心配して、それでなんだか怒ったような顔をしている。

「もうだいぶいいんだ、本当に気にすんなよ」

疑うように顔色をしげしげと検分する一夏は、いささか顔色が青いものの、さして普段と変わらない様子の総司に「じゃあいいけど」と安堵《あんど》したような吐息をする。

「ところでおまえ、その袋なんだ?」

話を変えようとした総司が、一夏の隣に鎮座しているずいぶんと大きな紙袋を指差すと、一夏ははっとなったように目を見開いたあと、上目遣いに尋ねてきた。

「あのう……メシ、食った?」

「? ……いいや。一日寝てたから……」

らしくもない怖ず怖ずとした問いかけに、どうかしたかと目線で問うと、しばらくためらったあと持ってきた紙袋を探りだした。

「彼女とか来てたら余計なお世話かなと思ったんだけど」

とっ散らかった部屋を見て、その危惧は徒労だったと知ったらしく、ひょいひょいと取りだしたタッパーの中身に、総司は思わず喉を鳴らした。

「……これ？」

「えー、えっと、あの、そう、おふくろがさ！　見舞いに行くんならなんか持ってけって」

変につっかえながらの一夏の台詞も、ぱくんと音を立てて開けられた蓋から零れでる食欲をそそる匂いに気を取られる総司には半分も聞こえていない。

「風邪引いてるし、食べたくないようだったら、冷蔵庫に入れておけば日持ちするから……」

「――一夏」

「はいっ？」

でも早く食べてくれると傷まないけど、と続ける一夏を遮《さえぎ》り、細い腕を掴むと、上擦った声をだす。

深々とため息をついた総司は、普段の取りつく島もないような声を別人のように弱らせて、うなだれたまま哀願した。

「いますぐ食わせてくれ……」

中谷からもらった金でコンビニから買ってきた米を流しの下にしまいながら、持ちこまれた大ぶりのタッパーの中身をほとんど胃に収めた総司に、さすがに一夏も呆れたような顔をした。

テーブルも卓袱台《ちゃぶだい》もない部屋で、畳のうえに皿をじかに並べるのはあんまりだと一夏が言うので、押し入れに放りこんであった古いアイロン台のうえに、これももらい物でほったらかしていた大きめのトレイを載せ、簡易テーブルができあがった。一夏の持ってきてくれた料理はそのうえに、ところ狭しと並んでいる。

「普通さ、熱あるときって、食欲失せるもんじゃないの？」

「どっちかって言うと空腹のほうがつらかったんだ、今日は」

総司がエネルギー補給を行なっている間に、散らかっていた部屋は片づけられ、流しと洗濯機にためこまれていた洗い物は然《しか》るべき処置がなされている。夜半なので布団を干《ほ》すことだけは諦めたが、寝汗にぐちゃぐちゃになったシーツは上下ともに取り替えられた。

テレビの脇にたまった綿状の埃《ほこり》を見つけ、一体いつから掃除をしていないんだと問われても、総司は即答できなかった。

つまりはもう記憶にないほど昔だと判断し、呆れ返った一夏曰《いわ》く、「こんな部屋じゃ治るものも治らん」のだそうで、総司の部屋は小一時間のうちにすっかりさっぱりきれいに片づけられたのだった。

「これ、美味い。まじで、煮物なんか食ったの久しぶりだよ」

箸《はし》に摘んだ蓮根《れんこん》を眺めつつ、しみじみと「そのへんで売ってんのと味が違う」とかぶりつくと、一夏は照れたのかわざと白けた顔をする。

「そんなん、誰だってできるよ。いまどき料理のひとつくらい、男のたしなみじゃん」

山ほどのタッパーを持ってきた当初は照れ臭かったのか、「おふくろが」などと言い訳をしていた一夏も、総司の貧しい冷蔵庫の中身からどうにか味噌汁を作り、さっさと米を炊きあげ、しなびたキャベツで浅漬けを作るころにはすっかり居直っていたようだ。

「でも凄いよな。俺は、その方面の才能は皆無だから」

どころか、こういういかにもな家庭料理など、それを売りにしている飲み屋くらいでしか食したことがないのだ。

これはあまりひとに言ったことはないが、総司は幼いころに母を亡くしている。仕事の忙しい父に料理などできようはずもなく、家政婦の手抜き料理とレトルトで育ったようなものだ。

また、その家政婦が年のいった女性で、「男子厨房《ちゅうぼう》に入るべからず」という考えの持ち主だった。

それに、うるさいばかりで役に立たない子どもに、自分の仕事を邪魔されたくなかったのだろう。

物心つくまでほとんど台所に入ることさえ許されず、総司にとって料理は未知の領域なのだ。

「まあ、だろうね。あの冷蔵庫の中身じゃなぁ」

呆れたように言いながら、一夏が干しているのは総司のトランクスである。さすがに総司もそれだけはいいと強硬に拒んだのだが、「黙ってメシ食ってろ」と睨まれて、結局はすごすごと引き下がった。

「あー、きれいになった!」

洗濯物を干し終えた一夏はぱん、と手を叩くと、いかにもすっきりしたと言わんばかりの声をだした。苦笑しつつ、すまなかったと頭を下げると、気にするな、とにやにや笑う。

散々子ども扱いをしてきた相手に面倒を見られて、面目丸潰れといったところだが、ここまでの惨状をさらけだしたあとではいまさら体裁《ていさい》の繕いようもない。

味噌汁をすすりながらばさばさと額に落ちかかる長い髪をかきあげると、物めずらしそうな顔で眺める一夏の視線とぶつかった。なんだ、と片眉を跳ねあげると、めずらしいからと答える。

「髪。下ろしてんのはじめて見たけど、けっこう長いんだなと思って」

寝癖であちこちに跳ねている髪は、散髪代をけちってほったらかした結果だ。適当にまとめるのはある程度長さがあったほうが楽なのだが、あまり長すぎてもうっとうしいので、伸びると自分で適当にはさみを入れている。

「でも、あれだね、思ったより普通のとこ住んでるんだ」

ようやく腰を下ろし、すっかり勝手知ったる風情で缶の麦茶(これも一夏の持参)を飲みながら、笑いを堪《こら》えるような表情で一夏が言う。

1DKのアパートは、長身の総司にはずいぶんと狭苦しく感じられるが、家具を低い位置に配置し、必要最低限のものしかないせいで、片づければそれなりに快適な空間になる。

「もっと汚いとこ想像してたか？」

「ちゃうちゃう、その逆」

目線で問えば、もっと小洒落たマンションにでも住んでいるのかと思ったと言う。

「ドラマみたいな部屋に住んでるヤツなんか、実際そうそういないだろ」

バーテン姿でスタイリッシュに決めているような男だと、端からは見られているのは知っていた。だが実際には総司は外面を取り繕うような男はあまり好きではないし、自分に関してもこの汚い部屋（いまは一夏のおかげできれいになった）が物語るように案外ずぼらだ。

耳につけているピアスにしたところで『ｘｙｌｏｐｈｏｎ』に勤めはじめのころ、あまりにみばにかまわない総司に呆れた中谷が手ずから無理遣り開けたのだ。おまけに「これを見るたびに己れの格好を少しは気にしろ」と外すことを禁じている。

素人《しろうと》が開けたせいで微妙に斜めな位置に開いているピアスが、これまた女性客に評判がいいもので、ご満悦の中谷の手前外すわけにもいかない。

「だって、バーテンやってる大学生って、なんかそういうイメージあるじゃんか」

邪気のない一夏の声に、総司は伏し目のまま静かに言った。

「生活で手いっぱいだからな。住むとこに金かけてらんねえよ」

さほど含みを持たせず言ったつもりだったのだが、向かいに座った一夏は一瞬困ったような顔をして押し黙った。

聡《さと》いのもこういうときは困ったものだ、と総司は内心呟く。もっと無神経に突っこむなり、受け流すなりすればいいものを、微妙なところでためらう一夏の困惑は、部屋に奇妙な沈黙を落とした。

仕方なく、総司は空になった椀を置き、吐息混じりに話しだす。

「親とな、ちょっとまずいんだよ。入学金だけはだまし討ちでだしてもらったけど、他はナシ」

「そうなのか?」

「まずいっていってもまあ……揉《も》めたとか追いだされたとかじゃないんだけど。高校のころに親父が若い嫁さんもらったんで、なんとなく居づらかったのがホンネ」

意地もあってなと、さらりと続けた言葉に、自分でも内心驚いた。傷といっても差し支えない、未だに苦く心を縛《いまし》めるあの女性の面影が脳裏をよぎるせいで、「家庭の事情」について知りあいに話したことはほとんどなかったのだ。こうして口にのぼらせても平気なほどには、時間もすぎたのだろうかとふと考える。

そうしてつくづく、この華奢な青年のことを許しているのだなと総司は痛感した。汚れた部屋を見せることも、プライベートな時間に踏みこまれることも、一夏以外の人間であればきっと許せなかっただろう。

　一夏も総司から切りだすとは思っていなかったらしく、睫毛の長い目蓋《まぶた》をぱちりと瞬《また》かせる。ほんの少し首を傾げた一夏は、小さな声で呟くように言った。

「じゃあ、高校のときから？」

「いいや、とりあえず大学に合格して、無理遣りでてきた。それで親父は怒っちまって、援助ナシ」

　もともと生活苦というのを知らずに育った総司には、衝動で家を飛びだしたことは後悔と苦労の連続だった。学費は奨学生の資格を取ったため免除されているが、おかげで学業に手を抜くわけにもいかず、住居を含めた生活費を捻《ひね》りだすのはバイトだけでは実際厳しいものもある。切羽《せっぱ》つまって手をつけた実入りのいい夜のバイトはやはりあまりきれいごとばかりでもなく、ルックスがよく愛想のない総司は本人の意思とは無関係に揉めごとに巻きこまれることも多く、数年の間に、ひとを信じられなくもなった。

　そのうちに大学で知りあった、うるさ型だがなにくれと面倒見のいい中谷に店に誘われ、現在では生活の安定と居心地のいい働き場所を得た。そしてその場所で、目のまえにいる素直な青年との出会いもあった。あのときの自分の選択が、間違いばかりでもなかったと、彼らの存在は教えてくれるのだ。

「……たいへん?」

小首を傾げた一夏の、幼い声音の問いかけに、総司は静かな笑みで答えを返す。

総司の境遇に対し、親元で生活する甘えた連中からは、よくある反応として、「たいへんだね」という言葉が向けられる。

たかがこの程度のことでそうと決めつけられるのはあまり好きではない。いま通っている私立の大学にはその手のプチブルもどきが多く、馴染めないものも感じているし、逆に総司と似たような生活を送る輩《やから》は余裕がなさすぎて鼻白む。

この状態は煩雑《はんざつ》でひとに言えない事情から派生しているものの、それは総司の内面の問題であって、ひとにとやかく言われるたぐいのものではない。同情は嫌いだし、哀れまれるのはもっとごめんだ。数年後にはいずれ独立して生活するのが当たりまえのことだし、学生と仕事の両立は確かにハードであるけれど、近ごろではいい経験だと前向きに捉《とら》えることにしている。

だから一夏の、その疑問形の言葉と、やわらかい声を総司はひどく気に入った。

そして、彼が無意識に呟く小さな言葉や、そこに覗かせる考えかたが、いちいち気持ちいいのが不思議で、心地よかった。

「メシ、うまかったよ。ありがとうな」

一夏の作ってくれたそれは、あたたかな家庭の味がした。胸の奥がふわりと和むような、やさしい味だと総司は思う。

笑いながら告げる言葉のトーンがやさしくひそみ、まだこんな声をだすことができる自分を知った。

強固にひとを拒んでいたはずの自分が、どこまでも一夏を許そうとしていることが少しだけ恐いような気もしながら、近い距離で照れたように笑った小作りできれいな顔立ちを、いつまでも眺めていたかった。

＊　＊　＊

八月も中盤を越え、雲の形は大きく丸く膨《ふく》らんだ。

一夏は、総司の体調が回復したあとも、なんだかんだと理由をつけては手料理の差し入れをするようになっていた。バイト途中に弁当を持って行くこともあれば、『ｘｙｌｏｐｈｏｎ』の定休日である木曜には、材料持参でお勝手を占領した。

木曜でなくとも総司が早番であがるときには、家で作って持ちこんだ惣菜をいっしょに平げ、なんとなくそのまま話をしたりと、ほぼ毎日をいっしょに過ごすようになっていた。

家にいたところで夕飯は一夏の当番だったし、もとより料理は嫌いではない。自営業を営むせいで、幼いころから家族はそれぞればらばらの時間に夕食を囲むことが多かった。一春はなるたけ一夏にあわせるようにしてくれてはいたものの、長じてからは一夏自身いろいろなつきあいもあって、いまでは適当に作り置いたものをめいめいが片づけることになっている。

だから、いちいち素直な称賛の言葉とともにきれいに平らげてくれる総司に、食事を食べさせることが気持ちよかった。以前にも、きれいな野生動物を餌づけしたようだと感じたことはあったが、現状はまさにその言葉どおりである。材料費だけは払うと総司が言い張るので、買ってきた分のレシートの額だけは受け取ることにしていた。

リズミカルに包丁を動かす一夏を、総司は物めずらしそうにいつも頭上から覗きこんだ。見た目はひどく大人っぽく、実際考えかたも古めかしいところのある総司が、そういうときにふと見せる子どものような表情は、一夏の心をくすぐる。

なんだかかわいいひとだねえ。そんなふうにからかうと、照れて怒った。本気ではないそのきつい表情が目新しくて、おかしいと笑うといっそ不貞腐れる。

学歴もルックスもよく、仕事もけっこうデキル男の、きっと誰も目にすることはないだろうその拗ねた表情を知るたびに、一夏のなかの優越感は膨らんでいく。

『ｘｙｌｏｐｈｏｎ』への配達を率先するようになった一夏を訝る一春に、面白い友人ができたのだと話すと、温厚な兄は静かに笑って聞いてくれた。無理に家業を手伝わせると気に病んでいた兄をほっとさせることもできて、一夏も肩の荷が降りる。

だがある日、なんの気なしに呟いたのだろう彼の言葉が、なぜだか一夏には引っかかった。

「なっちゃん、最近上川さんの話ばっかりだね」

「……そうかな？」

風呂あがり、縁側で涼んでいる一夏に西瓜《すいか》を手渡しながら、おかしそうに言った一春に、どうしてか一夏は返す言葉を一瞬ためらった。

その奇妙な間合いを、聡明《そうめい》な兄が気づかないわけもなかったのだが、彼はしゃくりと西瓜をかじりながら頷いただけだった。

確かに、配達をはじめてからというもの、大学の友人たちと遊ぶのはおろか電話さえしていなかった。それにまったく気づいていなかった自分に、一夏はしばし茫然とする。

「まあ、気があう相手がいるってのはいいじゃない？　仕事もしやすいだろ？」

「うん……そう、だよね」

なぜか、一春が宥《なだ》めるような声をだした。その言葉に生返事をしながら、ぼんやり眺める庭向こうの通りでは、常夜灯に呼ばれた虫が、じりっと嫌な音を立てて墜落する。

夏のぬるい風に肌をさらしながら、みずみずしい西瓜が喉につかえる。小骨のように引っかかったそれがなんであるのか、一夏は無意識に考えることを拒否していた。

突きつめれば見えてくる、心の奥にひそんだもの。それに気づいてしまえば、心地よすぎる総司との時間を、失ってしまいそうな気がした。

夏の象徴のような果実をかじりながら、味わうことさえできず、その冷たい感触だけが、一夏の喉を滑り落ちていった。

天気のいい木曜日、スーパーの袋片手に一夏は総司のアパートへの道を急ぐ。

夏場だというのに水炊きが食べたいと総司が言ったので、袋の中身は葱《ねぎ》などの野菜や鳥肉がつめこまれている。

(鍋なんか、ひとりでしてもしょうがないもんな。それに、あのひとは俺がいないとまともなメシ食えないって言うし)

先日の一春との会話から、なんとなく総司と会うことに理由のない引け目のようなものを感じていた一夏だった。だが、衒《てら》いのない声で夕食をリクエストされたことに、誰にともつかない言い訳を内心で呟く。

(トモダチなんだから、別にいいんだよな)

ただ、ここまでの頻度《ひんど》で食事をともにしたり、そのためにだけ部屋を訪ねて行ってはだらだら過ごす関係が、なぜこんなに楽しいのか自分でもわからない。そして、言い訳のように強調した「トモダチ」という単語に、どこか引っかかりを感じてしまう。思春期の中学生でもあるまいし、人間関係を明確な括《くく》りに入れたがっている自分が、腑に落ちない。

後期にはレポートもあるためバイトでは生活費が賄えない、休みの間に稼げるだけ稼いでおくと、『xylophon』以外にもいくつかの短期のバイトをかけ持ちしている総司のプライベートタイムはかなり少ない。そのほとんどを一夏と過ごすことになっている色男に、カノジョはおらんのか、とわざと嫌そうに言ってみれば、面倒だから作らないという返事があった。いまではほとんど一夏が掃除するあの狭いアパートにも、女は招いたことさえないという。みっともなくて呼べないというより、うるさく面倒を見られそうで嫌だと総司は言った。

だが、他人がテリトリーに踏みこむことを本気で総司が嫌なのなら、一夏のやっているこれは一体、どういう位置づけになるのだろうか？

そして、かわいい女の子でもなく自分より一回りも大きな、剣呑な顔をした男の面倒を、案外喜んでやっている自分のこれはどういう心境からなのだろう。

はっきり言って変じゃないか。でも、楽しければいいのかとも思うし。

単純、直情、素直が取り柄の一夏は、自分の行動原理がどこから来ているのかわからなくて、混乱する。それでも結局細い腕には、スーパーの袋がぶら下がっているのだ。

「くっそ、暑いな、もう」

どことなく浮かない顔になってしまうのは、じりじりと背中に刺さる残照のせいばかりでもないことには気づきながら、誰に聞かせるでもない不機嫌な声がふっくらとした唇から零れた。

変なふうに意識したくないな、とぼんやり思う。

あの背の高い男とは、気負わずにのんびりと過ごせるのがいい。言葉の少ない彼の、たまに零す低く深い声を、ぼんやりしながら聞いているのがいちばん気持ちいいのに。

（なんかやっぱ、変かも）

自分の発想が少々不健康な気がして、唇を歪めた一夏の目には、その問題の男が住むアパートが見えてくる。三階にある総司の部屋の窓、少し古びたそれをみとめた瞬間、しくしくと胸が痛んだのを知りながら、一夏はその感覚に蓋をした。

手にした袋ががさがさと揺れて、同じように一夏の心もまた忙しなく揺れていた。

最上階への階段をあがる途中、一夏の耳に聞こえてきたのは、近ごろでは聞いたことのないような、険のある総司の声だった。

おや、と思わず足を止め、その声にかぶさるように聞こえてきた女性の声にドキリとする。

「……わかってはくれないの？」

「そういう問題じゃないんだ」

苛立った総司の声と、途方に暮れたような、きれいなそれに、もうあと一段で彼の部屋のまえに辿《たど》り着くというのに、一夏は身動きが取れなくなる。角部屋であるため、もうこの階段をあがり切った壁のすぐ傍で、張りつめた声の会話が交わされているのだ。

（また修羅場……かな？）

カノジョなんか作らないとうそぶいた総司だが、さりとてあれほどの男をまわりの女性が放っておくわけもない。『xylophon』でも幾度か、見知らぬ女性につめ寄られ、閉口している総司を見かけたことがあった。

だが、今日の総司の声にはそっけなくあしらうようなものが含まれていない。どこか苦しいような、浅い呼吸が沈黙の合間に混じり、気になってそっと覗きこもうとした一夏の手元で、ビニール袋はがさりと音を立ててしまう。

（しまった……！）

慌てる一夏に気づいたように、はっと息を呑むような音がした。もうこうなってはデバガメしているわけにもいかず、気まずさを隠せない顔のまま一夏は最後の一段をのぼる。

「えっと……ちわ」

ははは、と乾いた笑みを向けた先、髪を下ろしているせいで普段よりは年相応に見える総司と、そのドアのまえで所在なさげにたたずむ女性は同時に振り向いた。

（うっわ……すっげー美人）

言葉にならない感嘆の吐息を洩らし、ぽかんと一夏は口を開けてしまう。

なんというか、顔も身体も全体にすらりとした、きれいなひとだった。

シンプルなノースリーブのワンピース姿が幼く見えないのは、きれいに整えられた眉の下の、理知的な瞳のせいだろう。小ぶりのトートバッグと洒落た日傘を手にした腕はのびやかで白く、小さなプラチナのブレスレットと左薬指のリング以外に無駄な装飾品がない分、オフホワイトの服に負けないその肌から、滲みでるような魅力が燻るようだった。

涼しげで、どこかしっとりとした風情のある彼女には「才色兼備」という言葉が似つかわしいと一夏は一瞬のうちに思う。

「総司さんのお友達?」

「え……あ、ハイ」

セミロングの髪をアップにして、おくれ毛の流線がなめらかに細いうなじを彩っている。少し低めの落ち着いた声音に、彼女が総司や自分よりも年がうえであることを感じた。同年代の若い女の子にはだせないその色っぽい声音で、少なくとも一夏と五つは違うだろうと判断する。かなりまえに白血病で亡くなった、著名な美人女優にちょっと似ていて、西日に映えるクールに抑えられた夏のナチュラルメークはスキがなくうつくしい。だが冷たい印象はなく、問いかけながらのゆったりとした微笑はやさしげで、一夏は小さくときめいた。

「遅かったな、早くあがれよ」

惚けた一夏に、苛立ちを抑えるような無理に作ったと明らかにわかる総司の明るい声がかかった。

常にないほどの強引な仕草で一夏の腕を摑むと、冷えた笑みを浮かべたまま細い身体をドアのなかへ引きずりこむ。

「ちょっ……上川さん!」

「真純《ますみ》さん、友達来たんで。俺のほうは、何度来られても同じですから」

一夏の抗議は無視したまま早口に言った総司と、真純と呼ばれた女性を眺め比べ、一夏はどうしていいのかわからなくなる。

(シュラバに俺を巻きこむなよ！)

内心の情けない怒りを口にすることはできず、おろおろとなった一夏に、にっこりと真純は笑みかける。至近距離の美人に微笑まれ、一夏は思わず赤くなった。

「ごめんなさいね、おじゃましたわ。……総司さん、ちゃんと考えてちょうだいね」

「じゃあ」

一夏への謝罪のあと続けられた総司への言葉に、あくまでそっけなく言い捨てた彼は真純の顔を見ようともせず乱暴にドアを閉める。

ややあって、彼女のストラップサンダルのヒールが奏でる軽やかな音が遠く去るまで、ドアに背をもたれさせた総司は身動きひとつしなかった。

「なあ……手、痛いんだけど」

一夏の腕を掴んだままであることも気づかないようで、小さな声で離してほしいと言うと、無言のまま吐息した総司は強い指を剝《は》がしていく。長い脚は癇性《かんしょう》な動作で室内へ向かい、うっすらと指の痕《あと》が残ったそこをさすりながら、一夏もあとに続いた。

沈黙を続ける彼にどうすればいいのかわからず、手近な場所に荷物を置いた一夏は、Tシャツに包まれた広い背中を途方に暮れた顔でただじっと眺めた。

「……あの」

気づまりな沈黙に耐えかね、声をかけようとして、窓辺にたたずんだ彼がじっと見下ろす先にあるものに気づいた一夏は小さく息を呑み、言葉を引っこめる。

軽やかな足取りで去っていく真純の白いワンピース。華やかな彼女の姿を追いかける総司の瞳は強く、なにかを思いつめるような激しさが宿っていた。見たこともないような真剣なその表情に、なぜとはわからない痛みが一夏の胸を鷲摑《わしづか》む。

彼女の姿が街並の向こうに紛れるころ、ようやく激しい熱情を抑えこんだような総司の声が耳に届いた。

「あのひとが、俺の親父の再婚相手」

「えっ？」

呟かれた言葉の意外さに目を見開くと、振り返らないままの総司は低く笑った。

「ず……ずいぶん、若くない？」

「ああ、いま三十二とかだったっけか。再婚したときは二十八かそこらだし。親父より、俺のほうに年が近いくらいだな、いずれにしろ『なさぬ仲』ってヤツだし、あのひとは苦手なんだ」

淡々と紡がれる言葉の端々に滲んだものを拾いあげ、そうか、と一夏はため息のような声でいらえを返した。

複雑な表情を浮かべてしまった一夏に気づかないまま、静かだからこそ無理に繕っているとわかる声音が続けられる。

「家に戻ってこいって、説得しにきたんだ。こっちはそんな気はないから、おまえが来てくれてちょうどよかった」

以前、家からでてきた理由が総司の父が迎えた若い女性にあると聞いてはいた。そのときの彼のあっさりした物言いから、一夏はてっきり若い女に鼻の下を伸ばす父親への嫌悪と反抗から、総司がこうした行動にでているのだろうと思いこんでいた。

(そう、だったんだ)

しかし、あのうつくしいひとをこの目にしてしまったいまとしては、総司の口から語られなかった「要因」が、一夏のなかでなによりも明白になった。真純が上川家を訪《おとな》ったころ、総司は十七歳くらいだったろうか。多感な、異性をいちばん意識する年代に、あの華やかで魅力的な女性がともに寝起きをする状況を想像し、一夏は同情のため息をつく。

その複雑な恋慕《れんぼ》を、誰にも気取《けど》られないようにしてきたのだろう。真剣な想いに、誰も触れるな、と拒む背中に胸が痛む。

そして、言葉にして追求するのはよそうと思った。彼女への思慕を、いまもって総司が持て余しているのは、わざわざ問いつめるまでもないことだ。

カーテンを開けたままの部屋は残照に彩られ、総司ののびやかな肢体《したい》をオレンジに浮かびあがらせる。火のつかない煙草を挟んだ薄い唇と、鼻梁《びりょう》の高さが目立つ、日本人にしては彫りの深い端整な横顔に、なぜだか同情とは色あいの異なる切なさがこみあげる。

いつもはすっときれいに伸びた背筋は力なく寂しげで、きれいに盛りあがった肩胛骨《けんこうこつ》に慰めの指を伸ばしたくなる。一夏の細い指は実際、その疲れた表情の背中に向けて差し伸べられ——あと数センチというところで不意にこみあげた理由のわからないためらいに、行き先を変更した。

ぽん、と肩を叩かれ振り向いた総司の薄い色の瞳は、困ったように微笑む一夏を映して、ばつが悪いようにくしゃりと歪んだ。

「鍋、どこ?」

その弱さに気づかぬふりで、にっこりと笑って葱と鶏肉の入った袋をかかげてみせると、総司はほっとしたように吐息して、気弱に伏し目したまま唇を笑う形に吊りあげた。

「流しの下……だっけ?」

「だっけって、俺知らねえよ?　んなこと。だいたい、てめえのリクエストのくせに。鍋くらい用意しとけよなあ」

わざとむっとしたような声で長いすねを蹴《け》ると、「悪い」と言いながら総司はようやく、本当に笑った。

「あれ、ここに入れたはずなんだけど……」

「っだよもー、ちゃんと探せよ」

一夏は台所に引っこんだ総司のうしろ姿を壁にもたれて眺めながら、背中に触れようとした瞬間の、ためらいの意味を考えた。

夕映えに彩られた背の高い男の背中を、あのときひどくきれいだと思った。はじめて見るような、総司の気弱な風情によって一夏のなかにもたらされたものは、純粋な同情や慰めの気持ちだけではなかった。もっと熱く、激しいもののひそむそれを勝手にもよおし、勝手に怯《おび》えた。

きれいなラインの背中に触れて、確かめたかったのは一体なんだというのか。

総司の抱えた真摯《しんし》な想いを暴《あば》く権利など一夏にはないのに、はぐらかすような言葉しか与えてくれなかった彼を少し、恨んでいる自分に気づいて、見慣れない負の感情に茫然とする。

不快な熱のこもった指をじっと見つめ、きゅっと握り締めた。手のなかの生温い熱は、ここへの道すがら考え続けた埒《らち》もないそれへとつながっている気がした。

執着、という単語が頭をよぎり、そのいやらしい響きに少しばかりぞっとなる。もう一度強く手のひらを握り締め、一夏は胸に兆したなにかを断ち切ろうとした。

「おい、あったぞ」

不意にかけられた声にびくりと肩をすくませて、意識しないことを意識しながら、一夏はいつもの明るい声音を努めてだした。

「……あ、じゃあ下拵《したごしら》えするから、鍋洗っといて」

総司相手に感情を誤魔化すようなことはこれがはじめてで、いやな罪悪感が背中をじくじくと刺した。だが、真純について言及することのない一夏にいっそ安堵したような表情を浮かべる男に、これ以上の混乱をもたらしたくはなかった。

自分自身でさえ不可解な想いに、総司を巻きこむこともあるまい。手のなかの熱など、すぐに消える。

「卓上コンロないの？　しゃあないなあ、こっちで作るから鍋敷き……それもないの⁉」

野菜を切りながらあれこれ指示する一夏の言葉どおり、大柄な男が右往左往する様に、おかしさがこみあげて、うしろ暗い懊悩《おうのう》が消えてゆく錯覚に、満足気に一夏は笑った。

自身がそれを無理遣り押しこめているのだとは、気づかないまま。

「そんなこと言ってもなあ」

「もー、じゃあ、雑誌でいいよ、何冊か積んで、テーブルのうえ！」

一夏がうるさく言ったせいで、この部屋にもついに丈の低いテーブルが登場した。

ひとつひとつ一夏の色が増えていくこの部屋のように、総司のテリトリーに迎え入れられていることを知る。それで充分じゃないかと胸のなかで繰り返し、なにをそんなに納得したがっているのか、訝る気持ちを一夏は無視する。

「呑むの？　米食うの？」

手土産、と一春が持たせてくれた東北地方の有名な地酒をデイパックから取りだす一夏に、口元をゆるませた総司は即答する。

「両方」

「アンタ絶対デブるよ、そのうち」

贅肉《ぜいにく》には縁のなさそうな引き締まった腹部を眺め、「なるか」と顔をしかめた総司の表情に、一夏は笑った。

汗をかきつつの鍋は美味しかった。どこか浮わついた様子の一夏にも総司は気づくことはなく、むしろほっとするかのように、こちらもいつもよりも饒舌《じょうぜつ》になった。

普段どおりを装うのが白々しくても、それ以外にこの時間を平和にやり過ごすことのできないふたりだった。

抑えつけることで、却って膨らむ感情があることなど、一夏はまだ知りはしなかった。直情で単純な自分を知っている分、たかを括っていたのかもしれない。

それでも、かっきりとした無駄のない「男」のラインを描く総司の姿やそのひとつひとつのパーツを見つめるたびせりあがってくる複雑な感覚が、もはや尋常なものではないことからは、目を逸らすことができなかった。

＊　　＊　　＊

たまたま配達のまったくなかったある日、久しぶりに電話をかけてきた友人は、怒ったような声をだした。

『かっしー、約束忘れてるだろ』

「え？」

まったく思い当たる節がなく不安気な声をだした一夏に、もういいよ、と永井《ながい》はむくれた。

『夏休み入ったら、どっか行こうって言ってたじゃんよ！　遠出は無理でも合コンとかあるから顔だせって！　なのにおまえ、今月入ってからコンタクト取れねえんだもん！』

「あー……そ、そっか、だったな」

『電話かけたって、一春さんしかでねえし、ケータイつながんねえし、なにやってんだよ』

怒った声でまくし立てた永井祐一《ゆういち》は高校時代からの友人で、とりわけ仲のいい相手だ。大学も同じことからしょっちゅうつるんで遊んでいるし、長期の休みには一夏とよく旅行もした。

その彼と、この夏の間いっしょにでかけることはおろか、電話のひとつもろくにしていなかったことに気づかされ、一夏は驚いてしまう。

「そんなに連絡取ってなかったっけ？」

『おまえねえ』

ぼけた答えに脱力したように、永井は深いため息をついた。いいけど、と呟く彼が拗ねはじめたのに気づいて、慌てて一夏は何度も謝った。明るくつきあいのよい永井だが、一度へそを曲げると案外しつこく、恨みがましい台詞を唱え続けるのだ。

「ごめんごめん、いろいろばたついてて」

『ま、いっけどさ。小父《おじ》さん、具合どうだ？　配達、まだ無理そう？』

父が倒れた折にいっしょに遊びにでていたのはこの永井で、青ざめた一夏を家まで送り届けてくれたのだ。先ほどまでの拗ねた口調から一転、まじめな声で問いかける彼に、なおのこと無沙汰《ぶさた》をしたことへの罪悪感を覚えてしまう。

「だいぶいいけど、そうだな、仕事はまだちょっと」

『そっかー。小父さんに、お大事にって言っといてくれな、見舞い行けなくてすみませんて』

高校時代からしょっちゅう家にも遊びにきていた永井は、家族ともずいぶん馴染んでいる。はきはきと明るく背の高い彼は好感度が高く、父の一徹とも未成年のころからいい呑み友達だった。

「ありがとな、気ィ遣わしてごめんな」

そんな大事な親友をほったらかし、自分は一体なにをやっているんだろうと、ふと一夏は憂《ゆう》鬱《うつ》な気分になる。

真純を見かけたあの日からも、総司と自分は表面上はあまり変わりがない。だが近ごろ、一夏のなかでは微妙な変化が起きはじめていた。

相変わらず夕飯の差し入れはやめていなかったが、どこかしら気まずさを感じてしまって、以前のようには長居することが少なくなっていた。早く帰りたがる一夏を訝った総司に、毎日入り浸《びた》ってばかりいるので兄に怒られたと言い訳すると、きれいな瞳をすまなそうに曇らせた。

——あ、でも上川さんのせいじゃないし、ほらレポートとかやってんのかって……。

むろん、一春になにか言われたというのは嘘で、そうまでしてなにから逃れようとしているのか自分自身見極めのつかない一夏は、言い訳のうえにまた言い訳を塗りこめる。

うしろめたさから懸命に言い募《つの》る一夏をどう解釈したのか、ひどくやさしげに笑った総司は一夏のさらりとした黒髪をその大きな手でかき回した。

——俺のほうはどうとでもなるんだから、無理はするなよ。

——だから、ガキじゃねっつの！

乱暴に手を振り払いながら怒鳴ってみせることで、あの手に感じた心地よさを気取られまいとした一夏の努力は報われて、はいはい、と苦笑《わら》う総司の顔にはなんの屈託も見つけることはなかった。

じゃあ、と足早に彼のアパートを去るとき、あの日のように去っていく人影を見送ってはいないかと、窓を見あげるのが癖になった。そして、しっかりと閉じられたカーテンの向こうの人影がそんなアクションを起こすわけもないことをいちいち確認しては、失望に似た気持ちを味わう。

総司のまえで笑い続けることが、近ごろでは苦痛だ。気を抜いたときや彼が背を向けている瞬間、自分の顔が歪んでいることを知っている一夏は、その泣きだしそうな表情を総司に見つけられることをなにより恐れた。

そして、なぜ自分がそんなにまでしてあの男とのつながりを断ち切れずにいるのか、わからない。

性格の違う年上の友人に覚えたものが一体なんであるのか、追求することを一夏はやめた。そんな余裕はなかった。総司の隣にいることは息苦しく、切ないようなつらさがあって、そのくせに彼に会えない日は虚しいようなため息ばかりついている。

朧《おぼろ》に見えはじめる感情の正体に、名前をつけるとすればひとつしかないことは知っている。そしてそれは絶対にありえないことだ。あっては、いけないことなのだ。


『……かっしー、聞いてる？』

ぼんやりと物思いに沈む一夏の耳に、呆れたような永井の声が飛びこんでくる。慌てて「なんだっけ？」と問い返すと、友人のため息が一夏を責めた。

『疲れてんだな、そんなにぼーっとして……それとも俺の話、つまんない？』

「え、ちが……ごめん、ほんとに、ごめん！」

いいけどさと、この電話で何度永井は繰り返しただろう。申し訳なく思いつつ、意識の半分はどうしても総司のことへ持っていかれてしまう。

『なあ、一日くらい休みもらえねえの？』

遊ぼうよ、と誘う友人の声に、気乗りしない自分を知りながら「行くよ」と一夏は言った。つきあいの長い友人への、それが礼儀のような気がして、そんな考えかたをする自分に戸惑い、軽い嫌悪をもよおす。

義理で遊ぶなどという発想は、少なくともいままでの一夏にはなかったことだった。それがこの、誰にも打ち明けることのできない、どこかうしろ暗い逡巡《しゅんじゅん》への罪悪感から来ていることを感じながら、『じゃあどうしようか』と楽しげに話す友人に、胸の内で何度も謝った。

しかし、スケジュール表だろうか、紙をめくる音が聞こえたあとに続けられた永井の言葉に、一夏はとっさに返答できなかった。

『えっとさ、今週の木曜日は？　俺、空いてるけど』

「え……」

木曜は、と言いかけて、一夏は口籠もる。考える素振りでうなりながら、目のまえに不意に浮かんだ背の高い影を振り切るように、「いいよ」と答えていた。

渋谷《しぶや》でもぶらつこうと言う永井に、「だったら釣具屋につきあえ」と返しながら、早すぎる後悔に胸を苛《さいな》まれる。それでも、これでいいんだ、と自分に言い聞かせながら時間と場所の約束をして、電話を切った。

（これでいいんだ、これが普通なんだし）

大きく吐息して、決心が鈍らないうちにと店にでている一春に声をかける。

「春ちゃん、木曜日、昼からお休みしていい？」

在庫のチェックをしていた一春は「いいよ」と弟に笑みかける。そして、当然のようにあの男の名を口にした。

「なに、上川さんとどっか行くの？」

「……ちがう」

不意に曇った一夏の表情に一春は少し訝ったようだったが、訪れた買い物客に向かいあった兄に、それ以上なにか言われることはなかった。

ほっとしながら、店の二階にある自室に引き下がった一夏は、細い身体をベッドに沈ませる。

「上川さんに、電話しなきゃ」

名前を呟いたとたん、じくじくした痛みが左胸を中心にして広がっていく。あの日握り潰したはずの熱をまた手のひらに感じて、淡い色の唇からは遣る瀬《やせ》ないようなため息が零れていく。

ひとりきりの部屋に満ちる一夏の吐息と、その苦しげな艶《なま》めかしい表情に気づくものは、むろんのこと誰もいなかった。


今度の木曜日には行けなくなったという一夏の電話の声があまりに沈んでいるので、気遣いながら答える自分の声がひどく甘くなっていることを、総司はまるで気づいてはいなかった。

「だから、気にしなくていいって。ここんとこ連日だったし、俺も悪いと思ってたから」

『うん……』


受話器越し、くぐもった一夏の声はただでさえ弱く聞こえる。しゅんとうなだれた彼の細い首筋が目に浮かぶようで、総司は苦く笑った。知りあってまだ一月になるかならないかであるのに、声だけで表情が想像できるほど、一夏とのつきあいは密接になっていることをいまさらにあらためて知り、不思議な感じがする。

『……あの』

「うん？」


少しためらうような沈黙のあと、やっぱりなんでもないや、と一夏は言った。言葉と裏腹の声音に、どうしたんだと問いかければ、彼らしくもなくまた口籠もる。とりあえず言ってみろと言えば、小さくうなったあとに頼りなげな声が聞こえてきた。

『あの……俺がしょっちゅうそっち行くの、迷惑と違う？』

「はあ?」

言われる言葉の意味がわからず、純粋に驚いた総司の声にも、一夏は沈黙したままだ。

「なんだそれ。違うだろ」

迷惑かけてるのはこっちだろう? そう言うと、納得しかねるような声でそれでも一応一夏は「うん」と言った。

「おまえ、どうした? なんかあったのか?」

『ん? なんにもないよ。まあ、とにかくごめんね』

不自然な明るい声で、一夏は早口に話を切りあげる。

「おい、一夏」

『ごめん、電話使うみたいだ。じゃあ、またね』

追及を無理に断ち切って、総司のいらえを待たないまま電話は切れてしまう。礼儀正しい一夏にはめずらしい、一方的な終わりかたに、腹が立つよりも心配になった。

「なんだ?」

もう一度かけなおそうかとも思ったが、一夏の言ったとおり家人が電話を使っているというならばそういうわけにもいくまい。

いつも元気なはずの一夏の、耳慣れない、頼りない声が総司のなかにこだまする。なにか悩んでいるようだったら、せめて打ち明けてくれればいいと思いながら、自身を振り返ったときに生半《なまなか》にはそう言葉にできないものもあるかと、総司は結論づけた。

真純が訪ねてきた折にも、なにか気づいているだろうに、一夏はそのことに触れはしなかった。そのあと顔をあわせたときにも、彼女について一言も訊ねないでいる。そういう一夏の態度で、却って総司のなかの信頼感は高まり、いずれ自分のなかの気持ちが落ち着いたときには話を聞いてもらおうと考えていた。

上川真純、総司の義理の母である彼女は、出会ってからここ数年というもの、常に総司の脳裏を離れずにいた。

総司の父、歳三《としぞう》の会社の部下であった彼女とのロマンスは、ありふれたオフィスラブであったが、問題はふたりの年齢差と、当時高校生だったひとり息子が仕かけた横恋慕にあった。

はじめのうちは総司にも、そんな意識はなかったのだ。長いやもめ暮らしにもこれでエンドマークが打てるだろうと、父を冷やかしたりもした。

だが、家に女性がいることに慣れない戸惑いと、聡明な彼女の向けてくるいたわり、そしてなにより当時まだ二十代後半であった若い真純の女性としての魅力にあらがうには、鉄の心がなければ不可能だったろう。

お嬢様育ちで、家事はむしろ総司のほうがまだましにこなせるほどだった。料理もうまくなく、しょっちゅう鍋を焦げつかせては半べその表情で総司と父に謝ってくる。見た目の落ち着いた物腰からは考えられないようなその表情を、かわいいと感じたのがはじまりだったのかもしれない。

気づけばあっという間だった。子どものころからかわいげのない、要は大人びた少年であった総司はあからさまな感情をぶつけることこそしなかったものの、内側に募る想いは日をおって激しくなっていく。真純の華やかな顔立ちだけでなく、仕草や表情や、その聡明な性格も、憧れを越えた強い感情を煽《あお》り立てるばかりだった。

そしてなにより、夫婦仲のよいふたりを見ていれば、自分のつけ入る隙などどこにもないという絶望感が、なおのこと真純への恋情を強める。

昇進した父が忙しくなり、帰宅が遅くなる日が続けば、真純と自分しかいない空間は総司にとって地獄だった。身体のほうも男として成熟しはじめる頃合いに、精神的な想いばかりでは済まないことは、なによりも顕著《けんちょ》な自分自身に教えられた。

男手ひとつで自分を育ててくれた父には、あまりかまいつけられることはなくても感謝の念もあり、尊敬もしている。このままでは父を裏切り、真純を傷つける行動にもでかねないと、煩悶《はんもん》した総司は強引に家をでたのだ。

それが十八の春のことだった。一年と半年、思い悩んだ挙げ句の行動だった。なに不自由なく育ててきたのに、と父親は猛烈に怒り、反対した。真純も戸惑ったように「わたしのせいなの」と追い縋った。

真実を伝えることなどできず、気難しく唇を引き結ぶばかりの息子を、彼らの哀しげな眼差しが責める。それがひたすらにつらかった。

禁忌《きんき》の想いを抱えこんだ総司は、誰にも告げることのできない感情から、友人にも距離を置きはじめた。高校も受験期に入ったことでいっそう他人との距離感は開いていき、それはそのまま現在に至る。

一夏や中谷はだから、本当に特殊な例なのだ。

中谷の、物腰はやわらかいくせにずけずけと踏みこんでくる強引さは、総司のような頑《かたく》なな人間にはある種の荒療治ともなったし、まったく逆のアプローチを見せる一夏は、ちゃっかりと総司のテリトリーに住み着いた。

（ちゃっかり、っていうのとは違うか）

少しずつ、少しずつ、間合いを計りながら決して総司を不愉快にさせないように気を配る華奢な青年には、むしろ自分から扉を開いたようなものだ。それでいてさえ、今夜の電話のように細い首を傾げて「いいのか？」と問いかけてくる。

あの心地よい精神の持ち主には、ずいぶんと助けられていると思う。ほとんどがふたりきりで会うことが多いため、一夏は気づいているのかどうかわからないが、総司が向ける言葉や笑顔の数が、一夏と他の人間ではケタひとつ以上は違うだろう。

そして、あの男のくせに妙に小ぎれいな笑顔を浮かべる青年と過ごす時間には、総司の懊悩の根源である女性のことをうっかり失念していることもある。このまま一夏とつきあっていければ、あの胸を締めつける想いもいずれ薄れていくのではないかという期待があった。

いままでには思いもよらない発想だった。真純のことはなんとなしに一生引きずっていくものだと決めこんでいた節があって、心境の変化にいちばん戸惑っているのは総司自身だ。

総司を変えたのは一夏に他ならず、そのことだけでも、あの年下の友人にはずいぶんと感謝している。

だからこそ、彼になにかあったときには助けてやりたいと思っている。できるなら、つらい思いをさせたくはなかったが、いろいろとテリトリーの違う自分たちではすべてのことから守ってやることは不可能だ。

(え……?)

静かな部屋で敷きっぱなしの布団に転がったまま、つらつらとそんなことを考えていた総司は、しかし自分自身意識することもないまま浮かびあがった「守る」という単語を訝しむ。

細身ではあるけれど、ことによれば総司よりも元気なあの青年に対し、ずいぶんな考えが浮かぶものだ。おとなしく大事にされるタマでもないだろう、そう思って笑いながらまた、それもどこか間違っているような気がした。

(……なんだ?)

真純のことを考えていたはずなのに、いつの間にか脳裏ではあの小さな顔が笑みかけてくる。これが本当に、いい傾向なのだろうか？

首を捻り、ごろりと寝返りを打つ。少し混乱しはじめた頭を逸らそうと見あげた壁ぎわのカレンダーでは、一夏の来ない木曜日の日付が真っ先に目に飛びこんでくる。無聊《ぶりょう》を持て余し、手近にあったCDをかければ、流れてくるのはギルバート・オサリバンでこれもまた一夏の置いていったものだ。目に見えるもの、そうでないもの、たくさんの痕跡を残した一夏はしかし、いまここにはいない。

それが当然であるはずなのに、軽い喪失感を覚えている自分が不思議だった。

一夏と会えないことを、自分がずいぶんと落胆していることにようやく気づいた総司は、ますます不可解な表情を浮かべてしまう。

「……なんなんだ？」

ついには唇から零れていった内心の疑問には、答えを見つけることなどできなかった。

＊　＊　＊

一夏が永井とでかけたその日は靴を買いたいという彼につきあったり、久しぶりに釣具屋に顔をだしたりとそれなりに楽しくはあった。

だが、趣味の不一致はいかんともしがたく、渓流釣り用の竿に目の色を変えた一夏につきあってくれたものの、つまらなそうに欠伸《あくび》した永井は一夏のうんちくに適当な相槌を打つばかりだった。

あれこれと物色する一夏にそんなにいろいろ買ってどうするんだ、と呆れたようなコメントを返してきたので、「おまえのコレクションの靴といっしょだ」と返せば、彼はぐうの音もでなかった。

直前までいたシューズショップで、一夏にはどこがどう違うのかわからないバスケットシューズをまえに、うんうん永井はうなっていたのだ。

しかしそのあとで、お返しとばかりにつきあいの悪さを散々責められたのだけはいただけなかった。

耳が痛い、と眉根を寄せつつも、長いつきあいの友人は多少の間が空いたところで、すぐにも以前のノリを取り戻すことができる。

お互いの買物を済ませ喫茶店に腰を据え、あれこれと淀《よど》みない永井の話に相槌を打ちながら、それでもときおりぼんやりと視線を流しては、どこかうわの空になる一夏を、言葉を切った彼はじいっと覗きこんだ。

「なんだよ」

「なあ、ひょっとして今日、なんか予定あった？」

気配りのこまやかな友人の指摘に、ぎくりとしてしまう。「そんなことはない」と笑ってみせた一夏の言葉を、永井は信じていないようだった。

「だって、かっしー、腕時計しょっちゅう見てるじゃん。だったら用事があるのか退屈なのかって、普通思うさ」

指摘されるまでまったく気づかずにいた一夏は、気まずい気分でうつむいた。しょぼんとなった一夏に、別に怒ってないぞ、と少し焦ったように永井は続けた。

「なあ、それともなんか気になることでもあんの？」

誠実そうな眼差しに心配げに覗きこまれ、ううん、と一夏はうなった。

曖昧《あいまい》な表情に、らしくない、と永井は訝しがる。

成人してもなお少年のような雰囲気のままの一夏は、昔からどちらかといえば悩むよりもまず行動、という気質で、こんなふうに気鬱《きうつ》なため息を零すことなど滅多になかった。

同性には受けの悪い線の細い作りの顔立ちを普段意識せずにいられるのも、一夏の溌剌《はつらつ》とした性質が強烈な印象を残すせいだ。

だが、こんなふうに伏し目したまま肩を落としてみせられれば、卵形の輪郭や長い睫毛がはっきりと浮かびあがり、頼りなげな風情にふらふら釣りこまれそうになる。

一春にべったりとかわいがられて育ったせいか、無意識に一夏の見せる甘える仕草には年季が入っていて、そんじょそこらの女の子の作りこんだかわいさとは比較にならないほどである。

もっと端的に言ってしまえば「気の抜けた一夏」という生きものには、眺める男の性《さが》としてたいへんまずい、洒落にならない部分があった。

永井自身はといえばもうずいぶんと免疫ができているので、それについてどうという感慨も持ちはしないが、ゼミ仲間の数人には一夏には知らせぬまま、それとなく牽制《けんせい》もかましているのだ。

「……おまえさ、もちっとしゃきっとしろよなあ」

本人には言えぬまでも、一夏に関していろいろと気苦労の多い永井はさまざまな意味を含めてそんな言葉を呟いた。しかし友人の複雑な気遣いも知らず、当人は相変わらず腑抜けたようなため息を返してくるのである。

困り顔の永井を目のまえにして、一夏はますますどうすればいいのかわからなくなっていく。指摘されたとおり、気になることはあるわけなのだが、それをおいそれと口にしていいものかどうなのか、自分のなかでは判断がつかないのだ。

実際のところ、一夏の独特の危なっかしさに気を揉む親友は、一夏の懊悩を知らされれば天を仰いで、己れの危惧が正しかったことを嘆いてしまうことだろう。本能的にそれを察知した一夏の唇からは、結局あの背の高い男に関する話題は洩れることはなかった。

いっそ不自然なほどに。

それぞれが自分の想いに沈みこみそうになる空気を嫌って、顔をしかめて髪をかきむしった永井は無理遣りに話を変えてきた。

「なあ、今度の合コン、どうする？　でるだろ？」

「えー……」

「この間も結局でなかったじゃんかよ、けっこういろんな女子にカシワセクンは？　って訊かれたんだぜ、俺」

「うーん……」

「なあ、来いよ。なに悩んでんのか知らねえけど、家の手伝いばっかやってっから気も晴れないんだろ？」

な、と再三口説く永井のなかには、彼女でもできれば一夏のこの危なっかしさに惑わされる哀れな男どもの被害も少なくなるだろうという、いささか身も蓋もない目論みがあったわけなのだが。

「うーん……じゃあ、行くわ」

懸命に気遣い、誘ってくれる友人へ、胸の内にあることを打ち明けられない罪悪感に苛まれる一夏は、気弱な笑みでそれを承諾してしまった。

「んじゃ、明後日なー」

別れぎわ、しっかりと念を押す永井に苦笑で応えながら、なにかわり切れないものを覚えた一夏の唇からは、やはりため息が零れるのだった。

＊　＊　＊

翌日になって配達に行った『ｘｙｌｏｐｈｏｎ』には、いつもと変わらない総司がいた。ように、と声をかけられて、他愛もない会話をしながらケースを運びこむ。

「木曜日、どうだった?」

「どうって?」

なぜだか普段よりもやさしげな声の総司に尋ねられ、なんの気なしに答えているように見せかけながら、一夏はわずかに心臓が動悸《どうき》を速めたのを知った。

「渋谷行って、買物してー……あ、ロッドの新しいの見た」

一口に釣り竿といっても、釣りの形態、狙う魚、そのシチュエーションなどによって実にさまざまな種類に分かれている。また本人の癖や嗜好《しこう》により、釣り竿はひとつに絞りこみ、技法を変えるタイプ、魚にあわせてさまざまな竿を用意するタイプと釣り人もいろいろなのだ。一夏はどちらかといえば後者に属するが、川魚が好きなので少々偏りはある。

「いいのあったか?」

「ミャク釣り用のやつ。持って帰れなかったから予約だけして、あとミチイト買ってきた」

ちなみにミャク釣りとは下げた餌を川底すれすれに這《は》わせ、ヤマメやイワナなどを釣りあげる手法である。釣り堀などでよく見かけるウキ釣りは、仕かけを垂らして待ちの態勢でいればいいが、ミャク釣りに関しては、魚のいるポイントに探りを入れるなどの技術がいるため、中級から上級者向けといえる。

「ずいぶん張りこんだな、持ち腐れにならないようにしないとな」

一夏の嬉々《きき》とした答えには小さく笑っただけだったが、自身も釣り好きだという総司は、こういう面倒な説明を入れずともわかってくれるから嬉しい。

てんから興味のない永井などは、一夏の釣りキャンプにつきあったりもしているくせに、何度教えても覚えやしないのだ。

「……へへ」

「ん？　なんだよ」

些細《ささい》なことを共有できるのが嬉しいと、小作りな顔を綻《ほころ》ばせた一夏に、総司は不思議そうな目を向ける。

なんでもないよ、と答える一夏は屈託なく、総司は心配など杞憂《きゆう》であったかと、内心ほっとするものを覚える。だが、無意識に浮かべた微笑を向けた先、一夏が少し惚けたような表情になったのを見つけ、もう一度「どうした」と問いかけた。

「な……んでも、ない！　んじゃ、またね！」

「あ、おい……」

逃げるように走り去る細い首筋は、赤くはなかっただろうか。不可解な一夏の態度に眉を寄せながら、そんなことに気づいてしまう自分にも、総司は首を傾げる。

一夏の去ったあとに、少し強い風が吹いた。撫でつけた髪を乱されるのにもかまわず、それ以上に乱されそうな心を不思議に思う。

この場にたとえば永井や中谷がいたならば、ふたりの間に漂う甘ったるいぎこちなさのゆえんを、嘆いたり面白がったりしながら指摘したものであろうが。

幸か不幸か、ぼんやりとたたずむ総司のまえには人影はなく、頬を赤らめたまま軽トラに乗りこんだ一夏にも、胸苦しい惑乱から逃れる方法を教えてくれるものは誰もいないのだった。

＊　＊　＊

土曜の夜、連れだされた合コンの場は、同じ大学内の面子《メンツ》ばかりということで、はじめから打ち解けた雰囲気だった。いかにも「ヤリましょう！」という目的のそれではなかったため、どちらかといえば奥手な一夏もほっとしたものを覚える。

酒屋の息子でありながら、実は一夏はアルコールのたぐいが不得手である。自宅などで友人と差し向かいで、というシチュエーションであれば量を競うようなことはないし、料理上手の一夏はつまみ担当になることが多いため、酒量をさほどきこしめさなくとも誤魔化せるわけだが、飲み会となると日本人の悪い癖か「場内総オヤジ」状態になることがどうしても多く、潰されてしまうのだ。

　だが、永井と同じく高校からの顔見知りである荒木《あらき》みのりもいたことで、このたびは悲惨な目にはあわずに済んだ。一夏のアルコール限界値を知る彼女にさり気なくフォローしてもらい、また女の子との会話の糸口を摑みあぐねることもなく、同窓会ノリの和やかな雰囲気のまま、占拠《せんきょ》した居酒屋を賑わせた。

「かっしー、次どうする?」

　はめを外しすぎることもなく盛りあがったまま一次会はお開きになり、幹事である永井が声をかけてきたときも、ほのぼのした雰囲気にもう少し浸かっていたくて、一夏にはめずらしく「行く」と答えたのだが——二次会の会場名を聞くなり、ほんの一口舐《な》めただけのビールに桜色に染まっていた頰はわずかに強《こわ》ばる。なぜだかためらう自分の心理を分析する間もなく、永井のよく通る声が号令をかける。

「じゃ、いいよねー?　みんな『ｘｙｌｏｐｈｏｎ』の場所わかってるね?」

　ぞろぞろと路上にたまっている面子はめいめいに了承の返事をよこす。じゃあ行こう、と肩を叩かれ、いまさら行きたくないと言うのも変な話だと、一夏は頷く。

「でもさ永井くん、予約は入れてあるの?　平気なの?」

　おっとりしているが冷静な橘《たちばな》すみこが尋ねるのに、一次会の中途で電話は入れてあると永井は答えていた。

中谷に「店に来てくれたらサービスするよ」と言われてはいたものの、実際『ｘｙｌｏｐｈｏｎ』に客として一夏が行ったことはあれから一度もない。

総司の仕事中の顔というのにもなんとなく興味はあって、すかした顔でもしていたら冷やかしてやろう、と小さく笑った一夏に、永井は不思議そうな目を向けてきた。

「団体さん、合コンだってよ」

中央にある大テーブルをセットしといてくれと中谷に言われ、ウエイターの川村《かわむら》が走り回る。あくまで座席の確保だけなのでさしたる準備はいらないが、土曜日の夜はなにかと忙しい。

カウンターの内側でグラスを磨いていた総司は、予約の時間ちょうどに訪れた「団体さん」のなかに見知った顔を見つけ、わずかに目を見開いた。

「いらっしゃいませ。……あれ？」

席に案内しようとした中谷も、一夏を見つけて営業用でない気やすい笑みを浮かべた。

「なんだ、一夏くんたちだったの？」

「あはは、こんちは」

気さくでハンサムな店長ということで女性客に人気の高い中谷に親しげにされる一夏に、まわりにいた女の子たちの視線が色めき立つ。

「こっちだよ、席。ゆっくりしてね」

幹事らしき青年をそっちのけで一夏だけをかまう辺り、中谷の性格がよくでている。こっそり苦笑した総司を見つけ、華奢な首をちょっとだけ曲げて笑った一夏に、目顔で会釈する。

だが、中谷の去ったあとに男女取り混ぜてわらわらと質問攻めにされる一夏の姿に、なんとは言えない靄《もや》のようなものが胸に広がっていくのを、総司は訝しんだ。

常には総司ひとりに向けられている真っすぐな眼差しや明るい笑みが、惜しみなく振り撒《ま》かれていることにどこか釈然としないものを覚えてしまう。

知らず眉を寄せたままの総司に、カウンタースツールに腰かけた女性客から声がかけられる。

「マンハッタンお願いします」

「あ、はい」

総司らしくもないぎこちない返答に、キャリアOLふうのミディアムショートの彼女は小さく笑った。いつもの仏頂面を取り戻した総司に、常連である藤江《ふじえ》はくすくすという笑いをやめない。

「ああいう顔すると、年相応なのね、上川くんも」

「……え？」

わからなければいいわ、となにが面白いのか笑い続ける。多いときには週に四回は通ってくる上客に失礼な態度を取るわけにもいかず、総司は無言のままミキシンググラスをステアした。

「どうぞ」

ありがとう、と会釈する彼女にスタンダードな逆円錐形《ぎゃくえんすいけい》のカクテルグラスを差しだしながら、ちらりと中央のテーブル席に目をやれば、若者らしい盛りあがりを見せるなかで、両隣の女の子にしきりになにか言われている一夏が困ったように笑っている。

ああして女の子に挟まれてみれば、一夏もしっかりと男なのだと思う。まず上背から違っているし、夏物のシャツから覗く首筋や腕のラインが硬質で、丸みが少ない。あまり飾り気はないものの、品よく小ぎれいな顔立ちの一夏は案外人気もあるようで、楕円形《だえんけい》に配置された席のあちこちから声をかけられ、そのたびに愛想よく受け答えしている。

「ニューヨーク」

コン、と軽い音を立てて置かれたグラスに意識を引き戻され、ライムジュースを用意しながら、目のまえの藤江が依然面白そうににやにやしていることに、少々むっとなる。

「またそんな顔して。だからこの席、ひとが寄りつかないのよ」

「……」

シェーカーを振りながら、内心で「大きなお世話だ」と呟く。藤江の言葉どおり、カウンターに腰かけているのは藤江の他にサラリーマンふうの男がふたりだけである。

『ｘｙｌｏｐｈｏｎ』の売りといってもいい、男前のバーテンダーに店中から秋波は飛んでくるものの、その威圧感と冷たい雰囲気に、近づいて声をかけようという豪胆な女性はあまりいない。また、女性客同士での無言の牽制もあり、藤江のようにひとりでふらりとやってきては、色目を使うでもなく、ろくに返事もしない総司と話をしようとするのは本当にめずらしい。噂によると中谷の彼女だという説もあるのだが、真相は定かではない。いずれにしろ、こういうリーズナブルな店にはめずらしい、見るからに「高め」な藤江にはやっかみの視線を投げるお嬢様がたも太刀打ちできないらしかった。

ルビーのような赤くうつくしいカクテルを差しだし、藤江がそれに目を向けた隙に、もう一度投げた視線の向こうでは困ったような顔をした一夏が立ちあがり、こちらへと歩きだしていた。どうも、知りあいだということがばれたらしく（中谷の態度がアレでは当然か）、声をかけてこいと言われているらしい。

「よう、一夏」

総司の正面に座った藤江の姿に臆したように一度立ち止まった彼の初々しい反応に、こちらから声をかけてやるとほっとしたように早足になる。

「こんばんは」

「あ、ども」

かわいらしい容姿の一夏に、藤江はにっこりと笑いかけ、遠慮せずにどうぞとしっとりした色あいのネイルを揃《そろ》え、横の席に座るよう促した。ゴージャス系の美人にちょっと赤くなりながら腰かけた一夏は、総司の顔を見あげてほっとしたように吐息する。

「今日はなんだ、友達？」

「うん、そう。大学の……合コンっつーか、飲み会」

目線で中央のテーブルを指した総司に、案の定「声かけてこいって言われた」と一夏は顔をしかめた。

「たぶんあとから何人か押しかけると思う。ゴメンね」

「別におまえが謝ることじゃないだろ」

一夏に話しかける総司のやわらいだ表情に気づいた藤江は、カクテルグラスを傾けながら、面白そうに弓なりに整えられた眉を片方あげた。

総司をからかうのが趣味という困った癖のおかげで、中谷と同類項に括られていることをいっそ教えてやろうかとも思ったが、面倒臭いと軽く睨んだあと黙殺する。

「まあいい、奢ってやるから。なににする？」

下戸の一夏をからかって「ウォッカ抜きのスクリュードライバーがいいか」と言えば、カクテルに詳しくない一夏でもむっとしたように上目に睨んできた。

「それただのオレンジジュースだろ」

むくれる一夏に、結局は言葉どおりのものをだしてやったところで、華やいだ声がかけられる。

「かっしー、なに呑んでるのー？」

「荒木……」

一夏の肩を気やすく叩いた、荒木と呼ばれたロングヘアの彼女と、三人ほどの女の子たちは、総司に対して興味津々といった視線を向けてくる。

「あ、えとね、コレ俺の大学の友達」

なかにはあまり話したこともない子もいるだろうに、一夏はそう言った。うっとおしいな、とは思ったものの一夏の友人である以上いつものようにはそっけなくもできず、総司はとりあえず目礼する。

「なにかお勧めのカクテルってありますか？」

するりと腰かけたのは荒木の横にいた小柄な女の子で、色白で和風の、なかなかの美人だった。中央のテーブルでもいちばん人気らしく、男どもの面白くなさそうな視線が流れてくる。

（ごめん）

目線で謝りつつジュースを飲み干した一夏は、幹事らしい背の高い友人に手招きされ席へと戻っていった。

総司のまえに残されたのは、すました顔の藤江を意識しつつなんとか総司にアプローチをかけようと頑張るお嬢様が数人である。

（どうしろってんだ）

一夏が消えたとたん、表情が通常モードに戻ってしまった総司を横目に眺めた藤江は、今夜は地名シリーズで行こうというのか笑みを含んだ声で「ブルックリン」と空のグラスをかかげた。


席に戻った一夏には、案の定永井らの恨めしげなブーイングが待っていた。

「もー、かっしーさあ、おまえがつないでどうすんのよ！」

「あだだだっ」

ネックハンギングをかまされ、ギブアップ、と腕をあげてもいちばん人気を持っていかれた憤懣《ふんまん》やるかたない男たちの声はやまない。

「っだよもー。橘さんまで持ってかれて、どうしろっつーの?」

「……だって彼女たちがそう言ったんだもん」

「それを阻止しなくてどうするっつーの！」

知らないよう、と声をあげ、拘束を逃れた一夏がどうにか定位置の席に戻ると、さっきまでとは打って変わった表情の総司が、それでもそつなく友人たちをあしらっているのがよく見えた。

わずかに口元に浮かべた笑みは営業用のそれではあろうけれど、なんとなく面白くない。総司にしてみれば、一夏の知人である彼女らを無下《むげ》にはできず、仕方なく（ごく少々の）愛想を撒いているだけなのだが、一夏にはわかりようもなかった。

　一部穴の抜けた酒席も、どうにかノリを取り戻したころ、隣の席に荒木が戻ってくる。

「あ、おかえり」

　烏龍茶を飲みながら一夏が言えば、荒木に続いてわらわらとカウンターからの出戻り組が席についた。一様に浮かない顔の彼女たちに、どうしたの？　と水を向ければ、荒木は大げさに肩をあげ下げしてみせる。

「なんっかとっつきにくくてさあ、あのバーテンさん。あとはもー、すみこの独壇場よ！　粘る粘る、アイツ。……あ、追加いいですか？　あの、濃い目で……」

　アタシは根性ないから帰ってきた、と荒木は通りがかったウエイターに新しいチューハイを頼んだ。カウンターを見れば、すでに藤江の姿はなく、重ね素材のワンピースをまとった華奢な橘にカクテルを差しだしている総司の姿があった。

　自分で仕向けたことなのに、ひどく面白くない。永井たちとは違い、一夏は特に橘には興味はなく、だったらなにがこんなに苛立つのだろうと思う。

　なにが――。

　ぎゅっと胃を摑まれたような鋭い痛みは、食べすぎたせいだろうか。胸焼けにも似た感覚を誤魔化そうと、目のまえにある大きめのタンブラーを摑み、一気に飲み干した一夏に、荒木の驚いた声がかけられた。

「ちょ……かっしー、それあたしのウーロンハイっ！」

「え？」

大丈夫なの、と覗きこんでくる荒木の気のよさそうな顔立ちを見つけたあと、それがぐにゃりと歪んだ。ついで、ぽわっと顔が熱くなる。

たかがチューハイと侮るなかれ。薄めてあっても焼酎である。一杯分に含まれるアルコール度数は相当のものだ。

まして一夏はアルコールに免疫がなく、女だてらに酒豪の荒木は確か濃い目にと言っていたような……。

「——かっしーっ‼」

荒木と永井の絶叫に混じり、ごつん、という鈍い音が聞こえた。

床に墜落した自分の頭が立てた音だと気づく間もなく——一夏は、気を失ってしまった。

＊　＊　＊

ぺた、と額に載せられた冷たいものに、拡散してたゆたっていた意識が一気に収束を見せる。

「お、気がついたな」

「……う？」

なんとなくまだぐるぐるする視界を瞬いて確かめようとすると、どこかで見たような光景に行き当たった。

「かみかあさん？」

呂律《ろれつ》もうまく回らないまま、濡れタオルを載せてくれた男を見つけて声をかけると、無理に起きるなと肩を押さえられた。膨張したような頬が痛くて、タオルをずらし顔全体を冷やす。

「俺、どうして……」

「烏龍茶とチューハイ間違えて、一気やっちまったんだよ。それでぶっ倒れたおまえを、俺が引き取りました」

わかったら寝とけ、と火照った額を軽く叩かれ、痺《しび》れたような痛みにうめいた。

「永井は？」

「トモダチ連中か？　盛りあがってんのにあれでお開きにさせるのも可哀想だったから、店に残したよ。もういい時間だから、そのまま流れ解散かな」

ということは、一夏を総司が連れ帰ったころには、まだ『ｘｙｌｏｐｈｏｎ』は閉まっていなかったのではないだろうか。

「上川さん……だいじょうぶなの？」

寝てろ、という声を振り切ってのそのそと起きあがった一夏は、濡れタオルでこめかみを押さえたまま哀れな声をだした。

「ゴメンねえ、俺……迷惑かけちゃって」

ふう、と吐息すると、恐ろしく熱い呼気が唇を滑り、不愉快さに眉をしかめた。それでもなんとか起きあがろうとよろける一夏に、むしろ厳しい声がかけられる。

「こら、まだ寝てろ」

「んー……でも、遅くなると帰れないから」

んしょ、と幼児のようなかけ声で布団からでようとする一夏の肩に、総司の大きな手のひらが触れた。

「泊まっていけ、もう家にも電話したから」

でも、と言いかけた一夏に総司は置時計を指差す。

「どのみちもう、終電ないぞ」

その言葉に、もう選択肢はひとつしかないことを知らされ、一夏は大きく吐息する。

自分の体温にぬるまった布団からは、当然ながら総司の匂い——体臭だけではなく、気配のようなものが立ち籠めるようで、居心地悪い。

困り果て、重く熱い頭をのろのろとあげれば、心配げな表情の総司と視線があう。

かちり、と至近距離で嚙みあったそれに、なぜかふたりは動けなくなった。

「……」

わななくような一夏のため息が空間に零れ落ち、横になっていろと告げようとした総司は喉奥に引っこんだその言葉と熱い塊のようなものに息を呑む。

普段ならば、一夏の向こう気の強さを示すかのように、強情にきつく結ばれている唇が酒に染まってふわりとゆるんだ。

無言のまま見つめあうことに気まずさを感じたのか、細い脚を捩《ねじ》ってわずかに身体を後退させ、静かに視線を逸らしていく。

少年の潔癖さを未だに残す、きりりとした目元が伏せられると、それだけのことなのにひどく印象を違えてしまう一夏に気づいて、総司は目が離せなくなる自分を知った。

襟の浮きあがるような、うっすらと静脈の浮いている細い首や手足など、身体を覆う衣服からほんのわずかに覗かせた部分の頼りなさに目が行く自分に気づいては、酒のせいばかりでない渇きを覚え、総司はごくりと浅ましく喉を鳴らした。

「じゃあ……お世話に、なります」

「あ、ああ」

当たりまえの会話が、なぜだか空々しく響いた。残響に、静かな部屋にいまふたりきりであるということを強烈に意識しているのはお互いさまのようだった。

一夏のいちばんの特性である、あの少し子どもっぽいような溌剌とした気配が消え、総司の胸騒ぎはますますひどくなっていく。

彼を幼く見せていたのは、長い睫毛に縁取られた漆黒の双眸《そうぼう》に映される、喜怒哀楽の激しい表情だった。その瞳を伏せ、こうして憂い顔を目のまえにすれば、青年の容姿がいかに水際立ったものなのか、いやでも思い知らされる。

かわいい、とは、総司も正直なところ何度か思ったことはある。

しかしそれは幼い兄弟であるとか、子犬や子猫のように、懐に抱いてあたためてやりたいような、そういう微笑ましいたぐいの感情でしかなかった。じっさい何度かふざけて、うしろから抱き締めるような真似もしたこともある。誓って欲のない、あたたかな、やさしい気持ちからくるスキンシップのための抱擁《ほうよう》だった。

そのときの、背中から抱く腕に余った肩の細さが思いだされれば、いまごろになって震えが来るようだ。

いま、目のまえの数十センチの距離にある、痩《や》せているのにやわらかな、一夏の肩。力なく落ちたそれが、どうしてか触れることすらためらわれる。肩に置いていた指をそっと剝がし、行き場のなくなった指先に仕方なく挟んだ煙草を口元へと運んだ。

ぎこちなく視線を落としたままの一夏もまた、濃密になる気配にどうすればいいのかわからなくなっていた。ひどく喉が渇いているのが、酔いが残るせいなのかそうでないのか判別がつかない。

「あの……あのひと、きれいなひとだったね」

気づまりな沈黙が重くて、今夜見かけた常連客らしい女性のことを口にだせば、微妙に視線を逸らしたままの総司はくわえ煙草のまま「誰のことだ」と言った。

「あのほら、俺が話しかけたとき、座ってたひと」

「ああ……藤江さんか。まあ、美人だな」

どうでもよさそうに言うわりに、しっかりと名前まで知っているんじゃないか。急激な苛立ちがこみあげて、いつもそうなのかな、と一夏は思う。

橘とはそう言えば、どうしたんだろうか。荒木や他の子たちと違い、ずいぶんと頑張っていたようだったけれど。

煙草を燻らす横顔を、一夏は自分でも知らず食い入るように眺めていた。

制服を脱いだ総司は見知ったラフな雰囲気を纏っているけれど、やはりこの男はなにげないふうでいてもかっこいいと思う。今日の店内にいた女性客の目は、中谷か総司に二分されて、熱っぽく注がれていた。

きれいだったり、かわいかったり、カラフルで華やいだ装いの彼女たちにいっせいに見つめられて、どうして平気でいられるんだろう。どうして、どうして――。

(俺だけ、見てくれないの)

不意に浮かんだ考えに、自分で自分が恐くなった。

なにを考えているんだろう。大体自分は男で、総司をあんなふうに熱っぽく見つめることも許されなくて、総司は——総司には、何年もずっと想い続けている、きれいなひとがいて。

「……！」

ずき、と激しく痛んだ胸を押さえ、一夏は膝《ひざ》のうえにかけられた夏がけの布団に顔を埋《うず》めた。

だめだ、と心のどこかで声がする。

こんなふうにしていたら、総司に変だと思われる。

どうしたんだと尋ねられ、きっと自分は答えられない。

だめだ。

心配かけないように、変だと思われないようにちゃんと、ちゃんとしなきゃだめ、だめだ。

手を煩《わずら》わせちゃいけない、こんなふうに、やさしくされたらつらい。だって総司には好きなひとがいて、なにより大切なひとがいて、だから総司を——。

総司のことを。

好きになっちゃ、だめなんだ。


「一夏？」

布団に突っ伏し、苦しげにうめいた一夏に気づいた総司はぎくりとする。酔いが回って、気分が悪くなったのだろうか。

「おい、気分悪いのか？　吐くか？」

「ちがう……へいき」

布団に伏したまま答える一夏の細い声がくぐもって聞こえ、身動きもとれないほどなのかと肩に手をかければ、細い肩は過剰なほどに揺れ、総司の指を拒絶した。

なぜだか傷ついたような気分に見舞われ、宙に浮いた指を諦め切れないままもう一度、触れさせる。

「ひ……っ」

また肩が激しく揺らぐのにつれて、しゃくりあげるような声が聞こえた。泣いているのか、とぎくりとしながら、だがなぜここまで自分が動揺するのかわからない。

混乱を覚えはじめるまま、それでもとどまらない総司の指は細いおとがいにあてがわれ、青ざめた顔を半ば強引に上向かせる。

「や……！」

一夏は泣いてはいなかった。厳密に言えば、まだ。

赤く潤んだ眼差しが、頼りなく揺れたあと、恨みがましく睨みつけてくる。そんな瞳を一夏に向けられたのは出会ったとき以来で、総司はますますわけがわからなくなった。

「……どうしたよ？」

やわらげた声で問いかけても、首を振って総司の指から逃れようとする。追いかける理由もないはずなのに、むきになるかのように総司は指の力をゆるめない。

「泣いてるのか」

「泣いてないよっ！　見ればわかんだろ！」

興奮したように息を荒らげる一夏は、語気の荒さと裏腹に摑みしめられた細い腕を震わせている。

（そんな目をするな）

怯えたような、そのくせに離してほしくはなさそうな、無意識の矛盾を細い身体に滲ませる一夏はひどく蠱惑的《こわくてき》に映る。

睨みあいながら、逃れ、また捕まえるやりかたがどこか駆け引きめいたものになっていることに気づいていながら、総司はそれを無視した。

「泣いたからどうだってんだ……俺、女じゃないんだし、あんたが慰めるってんでもないだろ！」

布団のうえを腰でいざりながら、半泣きの表情でそんなことを言う。「慰めてくれ」と言っているようなものだ。実際、手のひらに捕えた痩せた身体はやわらかく震えて、落とされることを望んでいるようにしか見えない。

「おまえ、それじゃそれこそ、女みたいなこと言うじゃないか」

余裕のなくなった声で総司が睨み下ろせば、目を見開いて青ざめる。

「なに言ってんだよ……！　どけってば！　どけよ！」

　暴れはじめた一夏を拘束するためにのしかかり、執拗《しつよう》に追いかけてくる長い腕の動きに、一夏の抵抗は本気の力を帯びる。

「あんたいつもこんなふうに女連れこんでんのかよっ！」

　一夏にしてみれば腕から逃れるための暴言だったのだろう。だが、総司という人間を誰よりも知っている、知っていてほしいと思っていた彼からのその言葉が、瞬間的にすさまじい怒りを覚えさせた。それは理屈ではなく、総司自身にも制御することのできないような、すさまじいボルテージで身の内を駆けめぐる。

「そんな人間だと思ってんのか」

　感情の消えた声で総司は呟き、その嫌な熱さに突き動かされるまま両手足を押さえこんだ一夏を見下ろせば、ぎくりとしたように息を呑んだ。

「おまえ、結局俺のことそんなふうに思ってたんだ？」

「ち……ちが、ちが……」

　じりじりと追いつめるように視線を近づけると、怯えて歪んだ顔を頼りなく震わせた。

　ボタン二つ目まではだけたシャツが揉みあううちに歪み、肉の薄い胸と痛々しいような鎖骨を覗かせている。

「上川さん……じょ、じょーだん……」

酔いに苦しむ彼の喉元をゆるめてやったのは自分で、そのときは純粋な心配と気遣いだけがあったのに。淡い乳白色の肌は、もうこうなっては苛虐性《かぎゃくせい》をそそるばかりだった。

「あ、なに、なにすん……！」

無言のまま、鎖骨のうえに唇を寄せた総司に、四肢を拘束された一夏は頼りない声をあげた。信じられない、と見開かれた瞳は潤み、急速に盛りあがった涙が一筋、頬を伝い落ちる。その道筋を辿った唇がどこへ行きつこうとしているのかは明白で、細い手足の震えはいっそうひどくなった。

「いや……」

自分がなにを思ってこんなことをしようとするのか、総司にもわからなかった。ただ、怯えるように震える唇ばかりが目について苛立つ。頭のなかが痺れたように熱かった。

はじめて見る、子どものような一夏の泣き顔が総司の獣めいた性欲を刺激した。覚えのある衝動は突然であらがいがたく、もう目のまえのそれに触れずにはおさまりそうもない。

一夏が嫌々をするようにかぶりを振るのを無視して、噛みつくように口づけた瞬間、びくん、と大きく身体を震わせた。

「う、ぐ……！」

ぎりぎりと手首を掴んだまま、逃れようともがく唇を追いかけ、舌先で蹂躙《じゅうりん》した。声もだせなくなった一夏の身体がびくん、びくんと震えるたびに乗りあげた総司の胸にあたる。

「やめ、う……んん……！」

　アルコールの匂いの残る口内を、執拗にまさぐった。怯えて逃げる舌を噛み、口のなかに引きずりこんですすりあげるようにいじると、鼻に抜ける声が甘く蕩《とろ》けた。

　もがいていた脚が弱まり、摺《す》りあわされるような動きに変わる。本能的に腕を伸ばし、削《そ》げた腹部の下へと手のひらをあてがうと、硬くなりはじめた膨らみがあった。

「――！」

　総司と同じ性であることをはっきりと教えるその熱さに、背中に冷水をかけられたような気分になった。

　ほどけた唇から唾液《だえき》が伝い、見下ろした一夏の顔は涙でぐしょぐしょになっている。

　急激な呼吸を繰り返し、噎《む》せこんだ一夏はゆるんだ拘束から逃れようと、弱々しく寝返りを打った。えずくような咳《せき》を繰り返す一夏は、背を向けたまま総司に言った。

（俺は――なにを）

「ひでえ……よ……」

　あんまりだ、と泣いている背中は総司を完全に拒んでいる。

「か……からかうに、したって……程度があるだろ……!?」

　濡れそぼった唇を押さえ、茫然とするままの総司にはまだ言葉が返せない。

　一夏の舌や口腔《こうこう》の感触が未だ残る唇から、どんな言葉がでてくるものか、予想がつかなくて恐ろしかった。布越しの一夏の性器に触れて、驚きいったん正気に戻ったものの、それは嫌悪や違和感からではない。

むしろこのまま、すべて暴いてしまいたいという、自分の狂暴な感情が恐ろしかったせいだ。目のまえに、小さくなって震えている哀れな背中がある。あれを傷つけたのは自分で、どうしてそんなことができたのか、いまではもうわからない。

あんなに、やさしい心を向けてくれた一夏に。いとおしいとさえ思った一夏に――。

「……一夏」

掠《かす》れた声をかけると、自分で自分の身体をきつく抱いた一夏はまた震える。

「ごめん……ごめんな、一夏」

そうっとひそめられた声がおずおずと背後から近づいてくる。瘧《おこり》のように震える身体をきつく抱いて、一夏はぎゅっと目を瞑《つむ》る。

(上川さんが……俺にキスした)

激しいだけの、傷つけるだけの、戻れなくなってしまうような口づけに、それでも身体は正直に反応した。

熱くなった一夏に触れた総司は、ぎょっとしたような顔をして、このままひとつに溶けてしまうのではないかと思った唇をあっさりと離した。そのことにいちばん傷つけられている、そんな自分がおかしくなった。

「く……ふふ、ふ……」

なんでこんなものついているんだろう。それでなんでこれは、総司のキスひとつで浅ましく悶《もだ》えてしまうのだ。

ショックに萎《な》えてしまった股間を眺め下ろし、泣きながら一夏は笑いはじめる。橘のきれいなフレアスカートや、藤江の切り揃えられたネイルが次々浮かんで、最後に翻《ひるがえ》るのは真純の白いワンピースだ。

どれも総司にはお似合いで、自分には縁がない。まったく本当に、おかしい。

「あは、あははははははっ」

「一夏っ⁉」

笑いはじめた一夏にぎょっとしたように、総司が覗きこんでくる。そんなにショックだったのか、と茫然と尋ねられ、笑いと涙に引きつったまま一夏は答えられない。

「く、はは、上川さん、上川さん」

両肩を強く摑んだ男の瞳が、不安そうに揺れるのがきれいだった。

「もういい、もういいよ、離して」

どこか壊れてしまったような表情で笑い続ける一夏に、耐え切れないように顔を歪めた男はきつい抱擁をほどこした。じくじくと膿《う》んだ傷跡のように痛む胸を知りながら、もう振り払うこともできないままその胸に引き寄せられる。

やめてよ、俺また夕っちゃうよ？　おかしくてそう言ったのに、なぜか総司は苦しげな声をだした。

「ごめん……一夏、ゴメン……」

笑いすぎてまた噎せてしまった一夏の背中を、長い指は静かにさすっている。発作のような放笑が収まりはじめるころ、涙も静かに乾いた。

総司が好きだと、高揚も興奮も収まった頭で、しんみりと噛み締めてつらくなった。

もう二度とこんなふうに触れあうことはないだろう。さまざまな要因が噛みあった今夜だから、狂ったようなあの口づけは自分のうえに降りてきたのだ。

無言のまま強く縛める腕に、今夜だけは抱かれていようと、一夏は目を閉じる。残っていた涙がぽつりと、投げだされていた自分の手の甲にあたり、小さく身動いだ。

自覚したとたん、行き場のないことを知らされた恋心が流した最後の涙を、総司に気づかれないように一夏はそっと拭《ぬぐ》った。小さなその水滴は、一夏だけのものだ。もう見せない。

総司には見せない。

疲れ切った心と身体は、眠りという逃避のなかに溶けこんでいく。

見下ろす総司の眼差しのなかに、惑いながらそれでも一夏の流した涙と同じ色あいがあることを、ついに知ることのないまま。

＊　＊　＊

縁側に腰かけて見送る空には、徒雲《あだぐも》がぽつりと儚《はかな》く浮かんでいる。立てた膝に頬杖《ほおづえ》をついた一夏がほうと洩らしたため息と呼応するように、じわりと千切《ちぎ》れながら、それは風に流された。相変わらずの暑さだが、暦のうえではもう秋半ばだ。ばたばたと過ごす間にとうに月も替わり、もうじき大学の後期もはじまってしまう。

「はーあ……」

気抜けしたようなため息をついた一夏のまわりには、靴箱から物置から引っ張りだした革靴が散乱している。ミトンのようになった靴磨きの布を細い腰の脇に置いたまま、一夏はぼんやりと流れていく雲を追いかけた。

総司の唇に高ぶったあの日の翌日、目を覚ませば総司に抱き締められたままの自分がいた。少し疲れたような頬を朝日にさらし、静かに寝息を立てる男の腕に甘酸っぱいような感傷を覚えたあと、そっと起こさないように抜けだした。

総司の言葉どおり家に連絡は行っていたようで、朝帰りした次男坊を咎めるものはなかったが、夜更かしのせいにしては赤すぎる目元を見つけた一春は「冷やしときな」とタオルにくるんだアイスノンを手渡した。

その日はたまたま配達も近場のみで、呑みすぎて頭が痛いと言った一夏にリハビリの成果を見てくると、どこか嬉しげに一徹がでかけていった。元気になった父親を見送り、風呂に入ったあともう一度寝なおして、泥のような眠りから覚めればもう夕暮どきだった。

「ああ、なっちゃん起きた？　ご飯食べるかい？」

階下に降りると、台所には二日酔いの一夏のために粥《かゆ》が煮てあった。焼いたアジと漬物でご飯を食べている一春は、つやつやの黒髪に盛大に寝癖をつけ、気分がそのまま顔にでている最悪な表情の弟に、それ以上なにも言わなかった。

もそもそと梅干しを載せた粥を蓮華《れんげ》で口に運び、テレビを見ながら茶をすする兄に話しかける。

「……春ちゃん、ねえ」

「うん？」

巨人は今期も不調のようで、テレビを眺める一春の顔は渋い。一春の残した浅漬けを口に放りこみ、ぽつん、と一夏は言った。

「配達、しばらく休んでいい？」

「ああ、いいよ」

さらりと許されて、一夏はため息をつく。放任なのか甘やかしているのか、ときどきわからない兄である。

粥を食べ終えた一夏は一春の分の食器も流しに運び、ついでに急須の中身を入れ替える。

「なんならもう、やめてもいいよ？　父さんも元気になったことだし、当座は暇そうだし」

新しい煎茶《せんちゃ》を淹《い》れてやると、ありがとうと言いながら美味そうにすする。

「うーん……」

すっぱりとやめてしまうのも理由が理由だけにためらわれ、うなった一夏を兄はちらりと流し見る。

ああ、だめだな、こりゃあ。呟きながらテレビを消した一春は立ちあがり、一夏に言った。

「でも全部いきなりは無理だから、近所だけ自転車でやってくれるかい？」

つまりは『ｘｙｌｏｐｈｏｎ』以外、という言外の言葉に、弾かれたように顔をあげた一夏にひとつ笑っただけで、一春は「かーさん、俺かわるよ」と声をかけながら、店にいる母と交替するために台所をでていく。

「……ありがと、春ちゃん」

頼りない弟の声に、ひらひらと兄は手を振った。


その一春との会話の翌日から、もう十日ほどがすぎた。

総司とも同じだけ会っていない。『ｘｙｌｏｐｈｏｎ』への配達に行った父親に、それとなく彼の様子を尋ねようとは思ったけれど、どう切りだしていいものやらわからずに結局は聞けずじまいだ。

木曜日もふたつをすぎて、そろそろあのアパートには埃がまとまって転がっていることだろう。一夏をあてにして、最近ではろくろく掃除をしなくなっているのだ、あの男は。

(なに、気にしてんだろ)

総司の燻らせた煙草の煙のように千切れて薄くなった雲を眺めながら、一夏はまたため息をつく。

考えてみれば、総司と知りあってからまだ一月といったところなのだ。それだというのに、ずいぶんといろいろ関わってしまったものだと思う。

怒らされ、世話を焼かされ、キスされて傷つけられて泣いた。

なんとも濃度の高い一月が、こんなふうにぼんやりと日向ぼっこをしていると、嘘のように感じられる。

近所への配達以外、どこにもでかけないままの一夏のことを両親は心配しているようだったが、一春の「放っておけ」という言葉に従い、なにも言わないでいてくれる。

とはいえ、もとよりじっとしていられる性質ではない、三日目からは暇に耐えかね、大掃除でもこうまでは、というほどに家中を片づけた。換気扇も風呂場の目地もぴかぴかに磨きあがってしまったし、手元にかき集めた靴は、新品同様の色合いに仕あげてみせた。

落ちこんだときに限って掃除や靴磨きに精をだすのは一夏の昔からの癖である。たいていそれを片づけ終えるころにはけろりと屈託のない表情に戻っているのがいつものパターンであるのだが。

靴箱の中身をすべてきれいにしてしまっても、憂鬱は晴れないままだった。

「ふ……あ⁉」

また盛大なため息を零そうとしたやわらかい頬に冷たいものが押しあてられ、一夏は声を裏返した。驚いて振り返れば、コーラ片手の兄は間抜けな顔をした弟をおかしそうに眺めている。

「飲む？」

「なんだ、春ちゃんか。ありがとう」

いまではあまり見ることのなくなった、少し傷の入ったガラスビンのコーラ。もう開栓してあるそれに、一夏は直接口をつける。

「おー、きれいになったなあ。あらら、こんな古いのまで引っ張りだして」

横に座りこんだ一春は「今日も暑いねえ」と細い目をさらに細めながら、年季の入ったローファーを摘みあげた。そして、あれ、と片眉をあげる。

「これ、なっちゃんが高校のときのだろ？　まだ捨ててなかったんだ」

「だってそれ、春ちゃんが」

リーガルのローファーは、一春が一夏の入学の祝いにと自分のバイト代で買ってくれたものだ。本当は覚えてるくせに、と照れ臭くなって小突くと、嬉しそうに笑う。

「きれいに使ってたから、まだ履けるね」

揃えた靴をその横にある自分の靴と並べて置いた兄は、ぽんと一夏の小さな後頭部を叩く。

「で、この中身はすっきりしたかい？」

「……」

日にさらされて熱くなった黒髪をくしゃくしゃとかき回され、一夏は曖昧に笑った。弟がこのところ頻繁に見せるようになった含むものの多い微笑に、兄は静かな眼差しを注ぐばかりだ。

いつでも、この兄はそうだ。一春の靴を磨きながら、片方だけ擦り減った踵《かかと》に一夏は切なさを覚えた。

一春の脚が悪いのは、ごく小さなころの交通事故がもとだ。それも、信号を無視して飛びだした一夏をかばってのことだった。

子どもに気づくのが遅れた、若葉マークのついた乗用車は、一春のまだ細い幼い足首を骨ごと踏み潰した。一夏は三歳、一春は八歳のときのことだった。

——なっちゃん！

叫んだ兄に突き飛ばされ、コロンとまるく転がった一夏の視界に、大きな白いものが流れていった。恐ろしいそれが通りすぎたそのあと、やさしいやさしい「はるちゃん」は、うめきながらぐったりと道路にふせっていたのだ。

耳を震わせた急ブレーキの音と、一春の骨が潰れるぐしゃりという音を、一夏はいまでも覚えている。驚いて泣きだした一夏の声に、まわり中の大人が引きつった形相で駆け寄ってきた。

——救急車を！　こっちの子は無事か⁉

——足が……早くしないと……！

叫ぶ声のなか、誰かにひょいと抱えられ、一春と引き離されそうになる。もがく一夏を大きな手は押さえこもうとして、それが恐ろしくて一夏はまた泣いた。

——はるちゃん！　はるちゃぁんっ‼

じたばたと暴れる一夏に手を焼いた、おそらくは近所の誰かと思われるおじさんは仕方なく、救急車が来るまで地面に寝かされている一春のもとへ一夏を連れていく。冷えていく身体にかけられた毛布の下で、捻れた足首からは出血がひどかった。八歳の子どもに耐えられる痛みではなかっただろうに、青ざめた顔の一春は一夏の泣き顔を見つけてほっとしたような表情さえ浮かべたのだ。

——おじさん、なっちゃんに、けが、ない？

——だってないてるよ。ああ、びっくりしたの。大丈夫だっておしえてあげてね……。

救急隊員に「喋るな」と止められるまで、一春は一夏のことばかり案じていて、痛いともつらいとも言わなかったそうだ。病院で、取り乱した母親が一夏を叱ったと聞けば、逆に母親を怒る始末だった。

——ぼくが勝手に飛びだしたんだから、なっちゃんを怒ったらダメでしょう!?

滅多に声を荒らげることのないできのいい長男に、怒鳴りつけられたのはあれがはじめてだったと、いまでも父の一徹は苦笑いする。

思えば歯の磨きかたも服を着る順番も、一春にみんな教わったようなものだ。

ちらりと見あげた兄は、飄々《ひょうひょう》とした顔でやはりコーラを飲んでいる。手のなかに入れて痛いことのないよう、つらいことの少ないよう、大事に大事に育ててくれた大好きな兄に、弟の惚れた相手が実は男でしたなどと言ったらどうするだろう。

怒るだろうか。悲しみ、失望するかもしれない。

そう思えば、もう涸れたと思っていた熱くて痛いものが鼻腔《びこう》を押しあげ、瞳を潤ませる。

「どうした?」

唇を歪め、目元を赤らめた弟の無言の訴えに、一春は穏やかに視線を向ける。告白の重さに耐えかね、一夏は話題を逸らした。

「……春ちゃん、結婚しないの?」

「なんだい、やぶからぼうに」

照れ笑った兄には、大学時代からの恋人がいる。兄に似合いの、静かでやさしいが芯の強い感じのする「幸子《ゆきこ》さん」は、いまはＯＬをしながら一春のプロポーズを待っている。

彼らの長い春の要因には、一夏の存在も絡んでいることは薄々知っていた。「一夏が一人前になるまで」――そんな言い分を、幸子さんもよく聞いてくれるものだとは思う。

「早くしないと、幸子さんに逃げられちゃわない？」

「俺はそこまで甲斐性ナシじゃありません。なまいきなこと言わない」

「いだだ、痛い、痛いよ！　ごめんなさい！」

失礼な、と言った一春にぐりぐりとこめかみに「梅干し」をされて、ギブアップを早くもかかげながら、一夏は笑った。

そして、声をあげたその拍子に、ぽろりと眦から小さな粒は転がり落ちてしまう。気づいた兄は、弟の小さな頭を両手でぐしゃぐしゃとかき混ぜた。

「なにがそんなにつらい？」

「ふ……うっ……」

頭がぐちゃぐちゃになった一夏は、促されるままに、思いついたことを次々と口にした。

自分のために痛めた脚のこと、先延ばしの結婚のこと、それらすべてが申し訳ないのに、こうして慰められる自分の情けなさ。

よくもここまで根深く引きずるものだと、自分でも呆れるほどのそれらを、一春はときおりの相槌を混じえて聞いてくれた。そして、弟の心のなかに本当に引っかかっているものがなんであるのかを、その口から告げられることを待っていてくれた。

――俺は、なっちゃんの味方だからね。

小さいころから、何度となく繰り返されてきた言葉を、震える背中を宥める手のひらが真実なのだと知らしめる。気がゆるみ、涙腺《るいせん》もゆるんだ一夏は、そうしてその頑なな唇を怯えとともに解放する。

「俺ね……俺、……」

「うん?」

「……俺、ホモかもしんないっ」

ひそめた声で唐突に、やけのように言い切った一夏の顔を、さすがに一春は驚いたように眺めた。

「うーん……」

小さくうなり、押し黙った兄の反応が恐くてうつむいた一夏の肩に手を置いて、「ちょっと待ってな」と兄は立ちあがる。あたたかい手のひらが離れていくことに覚えた恐怖感は、しかし本当にすぐ戻ってきた一春によって払拭《ふっしょく》された。

「はるちゃ……」

「とりあえず鼻かんで、それ飲みな、一夏」

「うん……」

哀れな顔の弟に笑った一春に、ティッシュボックスを差しだされ、ぬるまったコーラを手渡

された。

涙の興奮が止まらないときは、冷たいものを飲みなさいとむかし言ったのも一春だった。

まだ鼻を鳴らしながら喉を上下させる弟に、苦笑を浮かべたままの一春は唐突に言う。

「俺もまえに上川さん見たことあるけど、いい男だよねえ。面食いだねえ、なっちゃんは」

「ぐ、げへっ……！」

「はいはい、垂らさないで」

噎せながら目をむいた一夏に、至極平然とした兄はまたティッシュを差しだした。茫然と口元を拭《ふ》きながら、表情だけは太平楽な兄を凝視する。

「なっちゃんが幸せなら、俺はそれでもいいよ」

「は、……はる、はるちゃ……」

いいのか、ほんっとーにそんなに簡単でいいのかっ⁉

内心の叫びは声にならなかったものの、表情豊かな瞳で弟の言いたいことは察したようだった。

ひとつ笑った一春は、足元に置かれた靴を丁寧に揃え、そのなかにあった彼の古い革靴を抱える。

「俺ねえ、ずうっと、弟がほしかったんだよ」

開けっ放しのサッシから舞いこんだ埃がきれいに磨かれた靴のうえに降り、それをふうっと吹き払いながら一春は言葉を綴る。

「父さんも母さんも忙しいだろう？　家のなかはいつもがらんとしてて、兄弟がいればああするのに、こうするのにってちっちゃいころずっと思いながら、家で留守番してた。だから、一夏が生まれたときは、本当に嬉しかったんだよ」

懐かしむような遠いやさしい目で、一春は笑う。

「お包《くる》みのなかのなっちゃんは、ちっちゃくって人形みたいでさ、大事にしてやろうって。あもしてやろう、こうもしてやろうって考えてきたこと、全部できたし、俺はもう大満足」

赤ちゃんのおまえはかわいかったぞおと、兄バカまるだしの一春を一夏は茶化せない。

「いい子に育ったよ。自慢の弟だよ。一生懸命に悩んでも前向きで」

「……そんなことないよ」

うじ、と板張りの目地を指でなぞった一夏に、ほら、と一春は靴を差しだした。「そんなことあるよ」と、頼りなくつむじを見せる弟を、幼いころとなんら変わらないままの手つきでそうっと撫でる。

「俺は一夏のそういうところが好きだよ。靴を磨いて、一生懸命きれいにして」

見あげた兄は、いつものようなやさしい笑顔のままだった。

「こうやって一生懸命、明日の準備をするんだね」

そうじゃない。そんなきれいなもんじゃない。こんなのただ子どもじみた癖なだけで。

黙ったままかぶりを振り、一夏は抱えこんだ膝の間に頭を伏せる。

「上川さんと、なんかあったの？」

その言葉には答えられず、またぶんぶんと頭を振った一夏に、つきあってるのかい？　と静かな声の問いかけがある。

「違う……俺が勝手に、好きなだけ」

「好きだーって、言わないの？」

「言わない、言えないよ‼」

恐ろしいことをさらりと勧める兄に、一夏は頭を抱えこむ。ふうん、と呟いた兄の不満げな声に、一夏は恨めしげな視線を向けた。

「春ちゃん……ひょっとして面白がってる？」

「ちょっと。ははは、そうかあ、なっちゃんはホモだったのかあ」

「呑気《のんき》に言うなよ」

情けない一夏の恨み言に、あっはっは、と一春は笑った。

「まあ、いずれどうにかなるでしょう」

「なんないよっ！」

きいっとむきになった一夏の頭を叩き、「どうにでもなります」と一春は言った。

「いずれそのときが来て、うまくいけば本当はそれがいちばんいいけど……もしも、当たって砕けたら、泣いて帰っといで」

「絶対言わないもん！　泣かないよっ！」

いまもべそをかいているくせに頑なな一夏に、「わかってるよ」と言い置いて、一春はその場をあとにした。

残された一夏は、散乱したままの靴をしまおうと、座りっぱなしで痺れた腰をさすりながら立ちあがる。

人生の重大事と思っていた事柄を告白したことより、あっさりと認め、なおかつ「進め」の号令をだした兄が、思っていたよりも遥かにわけのわからない人間であったことのほうが驚きだった。

一春は本当に、一夏をすべて許すのだろう。なにも世間に顔向けできない恋愛を奨励《しょうれい》したわけでもなく、弟だから家族だから、どんなことがあっても大丈夫だと、彼はそう言いたかったのだろう。

希有《けう》な兄だと思う。そして、丸ごとの自分をここまで受け入れてくれる家族というのも滅多にないことは、一夏とてわかっている。泣いて帰ってこいなどと、あまりでてこない言葉だろう。

（でも、ありがとう、春ちゃん）

問題はなにひとつ解決していなかったが、甘いぬるま湯のような逃げ場の存在に、気持ちが楽になったのは事実だった。

　ひとつひとつ靴をしまいながら、ふと、その逃げ場となるはずの家庭に、恋をもたらしてしまった総司のことを考えた。せっかく得たはずの「母」という存在と「恋」とを、同時に諦めなければならなかった彼は、どこに逃げ場を求めたのだろう。

（どこにも、なかったんだろうな）

　はじめて会った日の冷たい眼差しを思いだし、一夏はきりきりと切なく痛んだ胸を押さえる。痛いなあ、と小さな声で呟きながら、無性に総司に会いたくなった。

　顔を見たらつらいばかりだと知っているのに、この十日間、ぽっかりと身体に穴が開いたような気がして、きっとそれは欠けてしまった総司の存在のせいだろう。

　見あげた空に浮かんだ月は半端に欠けて、まるで一夏の心のようだった。

＊　＊　＊

　シェーカーを振りながらの難しい顔はいつものことながら、どことなく覇気《はき》のない総司の様子に差しだされたギムレットを一口含んだ藤江は不思議そうな視線を送ってくる。

「なんか、元気ないわね」

「そうですか？　もう風邪は治りましたけどね」

答える声がどことなく虚ろなことも自覚してはいたが、うっかりすると薄い唇を割って転がり落ちそうな陰鬱《いんうつ》なため息を堪えるのが精一杯の総司には、取り繕う気力もない。

「どうしちゃったの？」

いつものからかい混じりでない、情のこもった問いかけに、飄々とした声が背後からかけられる。

「ああ、ほっといていいよ美紀《みき》ちゃん」

空の丸いトレイを脇に抱えた中谷が藤江の横に浅く腰かけ、ジタンに火をつけながらにやにやと総司を覗きこんだ。

「かわいこちゃんに愛想尽かされて、しょげてるだけだし」

「あらまあ、そうなの？」

好奇心に目を輝かせた藤江と、見透かすような中谷の視線に、ステアするミキシング・グラスがカチンという音を立てる。

「勝手なこと言わないでください」

ぶっすりと言いながら、できあがったラスティ・ネイルをカウンターに載せる。くわえ煙草のままそれをトレイに載せた中谷は、「おっかねーな」と言いつつ、言葉と裏腹にからからと笑った。

「オーダー運ぶときは煙草消してってくださいっ」

「はいよ。またあとでな、美紀」

「はいはい」

すんなりした脚を黒いストレッチパンツに包んだ藤江は、自分のアッシュトレイに吸いかけの煙草を載せた、ふざけた声の男にひらひらと手を振る。その指先がいつものようにカラフルな色でないことに気づいた総司はふと思ったままを口にだす。

「……今日は、爪、塗ってないですね」

「ん？　ああ、これはそういう色なのよ」

ほら、と差しだされたたおやかな指は、なるほどよく見れば薄くコーティングされている。ほのかなベビーピンクに、ふと一夏の淡い色の指先を思いだし、総司はじくじくとした胸の痛みを堪えるように、ポケットを探り煙草を取りだした。

一夏と会わなくなって、もう十日以上すぎた。

あの日目覚めればすでに一夏の姿はなく、正気に返った総司は自分のとった行動に愕然《がくぜん》となった。この先どうやって顔をあわせればいいものかと青ざめ、謝るために電話をしようかとも思ったが、その日の午後にはまた配達がある。

そのときに顔を見てちゃんと許してもらいたいと思った総司はしかし、甘かった。

当然といえばそれまでだが、一夏は配達に来なかったのだ。

入れ代わりで久しぶりに顔をだした一徹に、ご無沙汰ですと一応の社交辞令はしたものの、一夏の父である彼にはどうにも罪悪感が先に立って、まともに顔が見られない。

「あの……腰のほうはどうですか」

「ああ、おかげさまでねえ。もうすっかり元気で。そうそう、昨夜はうちの末っ子がずいぶん世話んなって、すみませんでしたねえ」

いつも仲よくしてくださってるそうで、と大きな声で笑った一徹は、目のまえにいる若造がその末っ子にどんな「お世話」をしてしまったのか知る由《よし》もないと見て取り、引きつった笑みを浮かべた総司は曖昧に言葉を濁す。

まいど、とにこやかに去っていく一徹の乗りこむ、見慣れた軽トラが視界から消えるなり、総司は深々とため息をついた。

避けられた。それだけのことをしてしまった。腕のなかに納まってしまうほどの小さな肩を強引に縛めて、嫌だと言うものを、あんなふうに――。

「サイアクだ……」

歪んだ目元を手のひらで覆って、吐息混じりの声が重く吐きだされた。

あたたかい小さな肩を抱き締めたまま一晩を過ごした腕は、まだ重く痺れている気がする。

あれにしても尋常な行為ではない。目が覚めたとき、自分を蹂躙しようとした男の腕に抱かれていたことを、一夏は一体どう思ったことだろう。

静かにひとりで寝かせてやればよかったのに、あのあたたかさを手放すのが惜しくて、ずっと寝顔を見つめていたのだ。あらがうのにも疲れたように総司の腕のなかで泣き疲れて眠る顔は苦しげで、ときおり身動いだ細い背中を離すことができなかった。

真純を忘れるために、いくつかの夜を過ごした女性たちのようなまろみのある弾力はそこにはなく、骨の当たる感触は痛々しいが新鮮で、ただ子どものような生々しい熱い肌がこの手のなかで息づいていた。

一夏の身体の重みと、日向の匂いのするさらりとした髪の毛の感触が、いまでも指先からほどけない。

藤江の悪戯《いたずら》な視線を横顔に感じながらも、吐きだした紫煙に取り混ぜるため息で表情を読まれることを総司は拒んだ。

あれからというもの、気づけば忘れてしまうことを惜しむかのように幾度も、この腕にした一夏の身体の薄さを胸の内で反芻《はんすう》してやるせなくなる。

何度も謝ろうと思ったが自分のしたことをかんがみれば、のこのこと押しかけて行くことはむろんのこと、電話さえもためらわれて、当の本人に避けられている以上きっかけも摑めず、にっちもさっちもいかない。

「行きづまってるわねえ」

　ぽつんと届いた藤江の声は、宥めるような甘やかすような、そんな響きだった。もうなにも言えないまま苦笑する総司に、でもいい顔よ、と藤江は微笑む。応えないままの総司にめげることもないまま、歌うような声で藤江は続ける。

「はじめて見たときは、なんだこいつって感じだったもの。仏頂面で、冷たい目してね。そつがなくて、なんだかほんとに人間かしらって」

「……すみません」

　謝ることないでしょ、と言いながら、それもいい傾向だと藤江はダイキリを舐めた。

「あのころも煮つまってたけど、もうどうでもいいやって感じだったのね。遮断機降りてる感じ。こう、ぱたんって」

　細い腕が総司と藤江の間を遮るアクションをした。

「でも、なんかいまはね。いま謝ったりするのもそうだけど、ちゃんとひとを相手にしてるの。目のまえにわたしがいることに、気がついてるのね」

　痛いところを衝かれた気がして、総司は目を伏せた。

　勝手な詮索《せんさく》をするなと、以前ならば憤っていただろう総司は、ただ黙って涼やかな声を受け入れる。見透かすような目をした女は、もう三年以上もの間この席に座り続け、総司を眺め続けてきたのだ。積極的に言葉をかわしたわけでもないが、総司の知らない総司自身に、気づいている部分もあるのだろう。

「藤江さんて、なにやってるひとなんですか」

ファッションがコンサバティブにまとまっているせいで、OLかなにかだろうと決めつけていたけれど、どこか不思議な女に興味がわいて、顔見知りになって数年の女性のことを、はじめて総司は尋ねてみた。いまさらねえ、と笑った藤江にはぐらかされるかと思ったが、エナメルのバッグから名刺を差しだされて受け取ると、総司は少し驚いた声をだした。

「フォトグラファー?」

「つっても雑誌のグラビアメインですけどね。ああいう華やかなのもよろしいんだけど、本当は海外に飛んでっていろいろやりたいの。だから、マンウォッチングは趣味なのよ、じろじろ不躾に見てごめんなさいね」

ついでに、ともう一度探ったバッグのなかから、中谷とよく似た笑みとともに差しだされたのは数枚の写真だった。

「この間通りかかって、イイ顔してたからこっそり撮っちゃった」

怒っちゃイヤよ。そんな言葉は総司の耳を素通りしていく。

数枚の小さな印画紙には夕映えに照らされた『ｘｙｌｏｐｈｏｎ』の狭い裏路地で、この夏の間中見続けていた一夏の全開の笑顔と、それに釣りこまれるように笑っている自分が写っていた。

表情がはっきりわかるほどのスナップに、総司は目を丸くする。

「これ、どうやって？」

「ああ、近くで撮ったみたいだから？　望遠でね、こそこそっと。パパラッチしました」

撮られたこと自体はどうという感慨もないが、どれもこれも総司の視線は一夏へ向かっていて、それも、我ながら気恥ずかしいようなやわらかい眼差しをしているのだ。

「この子、ほんときれいな子ね」

写真を眺めながらわずかに顔を赤らめた総司に、藤江は呟くように言った。

「見た感じもフォトジェニックで、お人形みたいに造作もきれいなんだけど。ハタチくらいの男の子で表情が汚れてないのは貴重だわね」

「……ええ」

どこかうっとりと夢見るような藤江の言葉に、総司も同意する。食い入るように視線を落とす、藤江によって瞬間に切り取られた自分の姿は、眩しいものを眺めるような表情をしている。

この腕から去っていかない痺れの甘さとそれは同種のもののような気がして、煙草に誤魔化されることもないまま、薄い唇からはわずかに震える息を吐きだす。

「それ、あげるわ」

総司が顔をあげると、藤江はもうスツールからその脚を降ろしたところだった。それじゃあ、と手を振った彼女を総司は呼び止め、逡巡ののちに「ありがとう」とだけ告げた。

　このなかに写し取られた総司の表情について、彼女はなにか思うところはないのか訊いてみたい気がしたけれど、どちらかといえば少し意地悪な突っこみの多い藤江がなにも言わないということの意味を考え、その問いを口にするのはやめた。

　視線の先にある、はじけるような笑顔に総司自身が惹かれていることは、誰に問わずともわかり切っている。うっかりと真純のことを失念してしまうほどに、目のまえにいる存在は鮮やかだった。

　抱き締めたことによって、ただ募るようないとおしさばかりが腕に残る、その意味も。やみくもに奪うばかりだった唇に、確かに欲望を覚えてしまう理由も——。

「総司、お客さん」

「あ、はい」

　中谷の声に胸ポケットへと写真を滑らせ、顔をあげた総司は、意外な人物の登場に目を見張る。

「ごめんなさい、お仕事中に」

　サマーニットに包まれた肩を軽くすくめるようにして、まろやかな声が申し訳なさそうにひそめられた。

「……真純さん？」

まさかここにまで現れるとは思わず、よほど火急の用でもあるのかと視線で問うと、曖昧に微笑んでみせる。

真純のあとに控えていた中谷が「休憩とってこい」と顎で出入口を示した。

大まかにではあるが中谷にも総司の事情を話してある。気遣いに感謝しながら、少し硬い真純の表情にこの場ではしづらい話でもあるのだろうと見当をつけた。

「悪いけど、俺あとで行きますから、向かいの店で待ってて」

通りの向かいの喫茶店の名を告げ、頷いた真純がきびすを返したあと、総司は従業員控え室に入る。

着替えている暇はないが、さすがに目立つので制服のベストだけを脱いだとき、ぱさりと乾いた音を立てて数枚の紙片が落ちる。

「……っと」

先ほど藤江にもらった写真を拾いあげ、ロッカーにしまいこむ。ちらりと覗いた一夏の笑顔に、やはり胸の奥が痛んだ。

自分の心のベクトルが、間近に見た真純の姿よりもその小さな写真に揺り動かされることを、総司はまだ認めることができなかった。

待ち合わせた喫茶店のなかで、長身の総司を見つけた真純は少し眉を下げて会釈した。

「ほんとうにごめんなさいね、何度も押しかけるようなまねをして」

「いえ、べつに」

席につきながら、ふと彼女の雰囲気が見知ったものとはどことなく違う気がして、総司は視線を流す。そして、違和感の正体が彼女にしてはめずらしいフレアスカートとやわらかなニットのせいであると気がついた。

スレンダーな真純は、好むファッションもシンプルでストレートなものが多かった。

ボディラインを必要以上に露《あらわ》にし、色気を誇示するような下品なものを着ることはなかったが、流行に乗ったシルエットラインのうつくしいものは、涼やかで聡明そうな彼女の容貌とよく似合っていたと思う。実際先ごろ、自分のアパートを訪ねてきた折の彼女はそのイメージから外れることのないスタイルでいたはずだ。

「あの、すみません、バイト中なんで用事があるなら」

訝った自分の心中はさて置き、オーダーも頼まないままそう切りだすと、くすりと真純は口元を綻ばせる。どこか寂しげな笑みに、いまさらながら自分のそっけない態度があまりよろしくないものに思われ、総司は語調を弱めた。

「なんですか」

「ううん。つくづく、総司さんとわたしって、家族らしくない喋りかたしかできないんだなあと思ったの」

　彼女があくまで丁寧語を崩さないのは、真純のほうに「元上司の息子」という意識があったせいだろう。また、年齢も近すぎる真純に対し、総司も馴々しく打ち解けられるわけもなく、そのうちには自ら抱えこんだ複雑な感情のせいで、ますますよそよそしい話しかたしかできなくなった。

　そうしてもう、家をでてからは三年の月日が流れている。ぎこちなくなるのも当たりまえのことだろうと総司は思った。

　いまさらの言葉に、ダージリンティーのカップを置いた真純は仕方なさげに笑いを解く。

「ごめんなさい、そんなこといいわね。単刀直入に言うわ、家に戻ってくる気はないの？」

「……」

　もう何度となく繰り返された問いに、沈黙で答えると、そう、と真純は小さく呟いた。落ちた肩に、こうしてもう数年の間、目のまえの女性が自分の言葉に傷つき、疲れてきたことを知らされる。

「真純さん、もうやめませんか」

　もうこれ以上、彼女が気を遣うことはないだろう。自分勝手な行動で、父を怒らせ、真純を困らせてきた。

「いずれにしろ、いまから戻ったところで、一年も経てば俺は学生じゃなくなるし。そうなったらどっちみち、いつまでもすねかじりしていられないでしょう」

「だからよ」

説得に入った総司を、少し強い語調で真純は遮った。総司はわずかに顎を引く。

「子どもの時間は、一生のうちで誰かに甘えていられる時間は、本当に短いわ。歳三さん……あなたのお父さまだって、なにも自分からわざわざ無駄な苦労をしなくてもって、言ってらっしゃるのに」

お説ごもっともと、総司は苦笑する。父が言ったという「無駄な苦労」という台詞は少々むっとするものも覚えるが、それが図星だからだということもわかっている。

必要に迫られての苦労は実を結ぶこともあるが、総司の選択は単なる勢いに任せた愚行にすぎない。

「わたし……、やっぱり、わたしが入りこんだせいなの？」

ある意味では真実をさす言葉に、総司は曖昧に首を振る。

あのころは、彼女の傍から離れることが最善だと信じていた。このままでは傷つけてしまうと、自分の暴力的なまでの熱情の行方に怯えるばかりで。

だが、もっと違う方法もあっただろうにと、真純の顔を眺めながら総司はつくづくと思う。家をでるにしても、もっと穏便に、彼らの思惑を裏切ることのないやりかたがあったのかもしれない。

しかしそれも、いまとなってみればのことだ。あの十八の春、目のまえの女性から逃れることしか考えられなくなっていた自分には、他に選ぶ道などなかった。

真純の言葉を肯定も否定もせず黙りこくった総司は、ふと彼女の顔色がひどく青いことに気づき、眉を寄せる。

「真純さん、具合でも?」

「あ、ちがうの」

笑おうとした真純はぐっと喉をつまらせたように息を呑み、慌てて口元を押さえた。ごめんなさい、と早口に言うと、よろけながら席を立つ。

(なんだ?)

化粧室へ去っていったうしろ姿に、まさか、という思いがよぎる。

そして、数分後戻ってきた彼女が照れたような困ったような表情を見せたことで、ウエストを締めつけないフレアスカートのわけがようやく飲みこめた。

「今日、検診に行ってきたの」

「……そうですか」

「三ヵ月なの」

そうして、ゆったりと幸福そうに微笑んだ真純に、さすがに衝撃を隠し切れないまま総司は黙りこむ。

「わたしと総司さんは、他人かもしれないけど……この子は、あなたの兄弟なの」

愛しげに腹部を静かにさすりながら呟くように真純が言った。動揺した総司は無意識に煙草を探り、だが妊婦のまえということに思い至って、行き場のない指先で所在なく頭をかいた。

はじめから手の届かない女性だとわかってはいたものの、これで本当に決定打が下されたのだと総司は実感する。憧れ、焦がれ続けた女性が自分の兄弟――妹か弟かもわからない生命をその身体に宿していることに、二重三重の複雑な喪失感を覚えた。

「総司さん？」

表情を失った総司に、ほんのわずかに首を傾げる彼女に、いままさに断ち切られようとしている長い片恋の断末魔の悲鳴は、何年も頑なに閉じられたままだった総司の薄い唇を開かせた。

「俺が家をでた理由は、俺があなたを好きだったからです」

死んでも口にするまいと思いつめていた告白が、あっさりとそして唐突に引きずりだされ、半ば茫然とするままに総司は言葉を続けた。

「だからあなたが家にいるのが気に食わないとか、親父に反抗してるとか、そんなふうに考えられているんでしたら、それは違ってます」

妊娠した女性に、ショックを与えるようなことを告げてどうするのかと思いながら、だらだらと流れだす声は止まらない。

「何年もかかって、それでも忘れられなかった。だからいつも、まともに顔も見れませんでした。あのころ俺はあなたから逃げなければとそれしか考えられずにいて、……たぶん、余計な心配やしなくてもいい気遣いをさせてしまったと思います」

ようやく言葉を切り、深い息を吐いた総司は、すみません、と頭を下げた。

「なんか、いきなり言うつもりなかったんですけど、……すみません」

混乱したままの額を押さえた総司は、そうしてまた黙りこんだ。うつむいた視界に自分の腕時計が入り、もうずいぶんと時間が経ってしまったことに気がつく。

「そろそろ行きます」

「総司さん」

言い逃げのようだと思いながら、伏し目したまま席を立とうとした総司を、真純の涼やかな声が呼び止める。

のろのろと視線をめぐらせ、そこに気丈な瞳のまま驚きの色もない真純の穏やかな眼差しを見つけ、総司は小さく息を呑んだ。

「好きだった、ってことは、いまは違うのね？」

余裕さえ覗かせ、そんなふうにいたずらっぽく微笑う真純に、総司は絶句する。

（……まさか）

浮かせかけた腰を、力なくどさりとソファに降ろし、総司は肩で息をした。脱力する総司に、真純はおかしそうに声をあげて笑った。

「知ってたんですか」

問いかけには、真純は答えないまま静かに総司を見つめてきた。

その姉のような、母のような、「仕方ない子ね」とでも言いたげな瞳に、自分ひとりが空回りをしていたことを知らされる。

「それでよく、戻ってこいなんて」

涼しい顔の真純にいっそ呆れたような声で呟けば、読めない笑みを彼女は浮かべた。

その表情に、まるで相手にされていなかったのかと虚しささえ感じられ、押し黙ったままの総司に、真純は視線を逸らさないまま言った。

「ねえ、総司さん。あなた今日、わたしの顔見ても困らなかったでしょう?」

「……え?」

意味のわからない問いかけに、真純は「ねえ?」とやわらかな唇を弓なりに吊りあげた。

「いきなり来たから、驚いてはいたみたいだけど……いつもみたいに、困った顔して睨まれなかったから」

だから、「だった」なのかしらって思ったのよ。

おかしそうに含み笑った真純の表情が、どこか藤江を思いだささせる。笑う一夏の写真を見つめる自分の顔を眺めながらの、見透かすような不思議な笑みと、真純のいまの表情はどこか似ている気がした。

「女ですからね、かっこいい男の子に想われて、ちょっと嬉しかったのは事実なの。嫌ね。……でも」

「でも……？」

ふふ、と真純は細い指を組んで、シャープな顎を乗せる。

「女、ですから。本気で欲しがられているかどうかには、やっぱり敏感なのよ」

「俺は……！」

思いつめた自身の気持ちを茶化されたようでかっとなる総司に、真純は静かに微笑むまま言った。

「幻滅した？」

憧れのお姉さんがこんな女で。冗談めかした台詞で苦笑され、曖昧に総司は首を振るしかない。いまの真純の浮かべる微笑は、総司の知る彼女のものではない。聡明だがどこか少女めいた愛らしさを払拭するような、強い女の顔だった。こんな真純を、総司は知らない。

あのころ、真純から逃げることしか考えられずにいた総司の想いが嘘だったとは思えない。だが、確かに真純に対して幻想めいた思いこみがあったのも事実なのだと、目のまえにいる彼女の見知らぬ表情に教えられる。

（まいった）

したたかで、しなやかで、総司の内部など簡単にさっさと暴いておきながら、見せるためのようなうつくしい装いでその心のなかをさえ覆い隠してしまう彼女たちを、手に負えないと総司はつくづく思い知らされる。

そういう真純も嫌いではないし、むしろ好ましいとも思う。だがこれが彼女の本質だとわかっていて、果たしてあれほど恋い慕うことができたろうかと思えば、少々複雑な気分になった。

思えば、慣れない家事に慌てる彼女の頼りなさこそを、総司はなにより愛しく感じていた。筋が通っていて案外気も強いくせに、ふとした瞬間に脆《もろ》さが見える。どうしても自分の腕を差しのべてやりたくなる。

どこかそういう、危なっかしさを覚えさせるタイプにどうしても惹かれるのかもしれないと思って、ふと一夏の顔がまた脳裏に浮かび、きつくしかめられた表情の下でひそかに総司は動揺した。

「わたし、お母さんになるのが夢だったの」

冷めた紅茶で喉を潤した真純は、静かに総司に語りかける。

「いちばん目は男の子がいいなって。それで、下の子の面倒をみる、いいお兄ちゃんになってほしいなって。でも、もう、マル高も近いし、無理かと思ってたのよ。だからとても嬉しくて」

それにね、と真純は強い瞳のまま笑う。

「ちょっと大きすぎて、わたしが育ててはあげられなかったけど、もうかっこいい『お兄ちゃん』はいるから。きっとこの子の自慢になるわ」

「真純さん」

「ちょっとお兄ちゃん、家出中ですけど」

　複雑な心境をそのまま浮かべた総司の表情を見て取り、笑いながら「わたし、諦めないから」と真純は言った。

「無理にとは言わないわ。でもいつでも帰ってきてちょうだい。あなたの家に」

　待っているわ、と言うその声が、やわらかく総司の心を打った。頷くことも、声をだすこともできないまま、総司は立ちあがる。

「身体に……気をつけて。それだけは、本当に」

　真摯な声に苦笑して、あなたも、と小さく返すのが総司の精一杯だった。


　混乱した頭を引きずったまま店に戻ると、「遅い」と言いつつ気遣わしげな表情の中谷がいた。すました端整な顔立ちには、それでも好奇心が見え隠れして、少々総司をうんざりさせる。

「……すみません、店長、頭痛いんで早退していいですか」

「あ!?　……って、こら総司！」

返事も待たずロッカールームに行くと、さっさと着替えはじめる。店にいれば中谷に捕まって、あれこれと聞かれるに違いない。なにかと世話になっている彼にはそうする義理もあるとは思うものの、今夜ばかりはひとりでじっくり考えたかった。

制服をハンガーにかけ、ジーンズの尻に財布を突っこむと、もう他に総司の荷物はない。藤江にもらった写真をシャツの胸ポケットにしまい、ふらりと脚を踏みだすと、苦笑いを浮かべた中谷が立っている。肩をすくめた彼は仕方なさそうな声で「明日はちゃんと来いよ」と背中を小突いた。

「お先に失礼します」

明日は質問攻めだろうと思いつつ、小さな声で挨拶をし、裏口からでる。

積みあげられた空のビールケースを横目に眺め、一夏は明日は来るだろうかとふと思った。

「……明日、水曜だったな」

もしもまた会えなかったなら、店が休みの明後日には、いっそ家まで訪ねてみてもいい。もう嫌われているかもしれなかったが、言い訳も、謝罪もできずにあの存在をなくすことは耐えがたい。

この混沌とした気持ちを、一夏に聞いてほしかった。しつこい片思いに終止符を打たれたことを慰めてほしいなどという女々しいことは言わないが、誰よりもまず一夏に、正直な気持ちを打ち明けておきたかった。

とはいえうまく伝えられる自信などなく、むしろ言葉にすれば余計に混乱してしまいそうな予感がした。なによりも、一夏の顔を見たくてたまらない自分に、総司は呆れる。

夜道を歩きながら、街灯の下で取りだした写真の一夏は、そんな総司にさえ朗《ほが》らかに笑いかけているのだった。

＊　＊　＊

水曜日。昨夜の夜半から愚図ついていた空のせいか、久しぶりになんとなく肌寒い感じのする天候に、一徹は朝から浮かない顔をしていた。

「父さん、ひょっとして痛むの？」

「たいしたこた、ねえよ」

頑固な父はむっすりと顔をしかめたまま、一夏の問いかけを否定しようとしたが、朝食を食べ終えて椅子から立ちあがったとたん、小さくうめいた。

「やっぱ、痛いんじゃん」

「うるせえ！　一夏、おまえガッコウ行かなくていいのかよ」

「後期は二十日からだっつってんじゃん、来週だよ」

ほらもう意地張んないで、と腕を取ると、渋々とへっぴり腰のまま次男坊の肩に摑まる。とりあえず病院に行け、と言うと「寝てりゃあなおる」とへそを曲げた。

ふて寝を決めこんだ父親に嘆息し、兄に「配達には代わりに行くよ」と言うと、一春はなにも言わずにそっと微笑を浮かべる。

照れ笑った一夏は、この十日というものご無沙汰だった軽トラのキーと納品書その他の入った「御用聞きセット」を手にした。

「行ってくんねえ」

天気は泣きが入っているが、柏瀬家の末っ子は久方ぶりに元気に走りだす。見送る一春に、胸のうちでこっそりと「ありがとう」と言いながら。

昼食を取るためいったん家に戻ったあと、午後には小糠雨《こぬかあめ》の降るなか、一夏は得意先を一軒一軒こなしていった。行く先々で一徹がまた倒れたのかといちいち訊かれ「ピンチヒッターです」と答えながら、荷台の酒瓶を空のそれと入れ替えていく。

あといくつだ、と覗きこんだ納品リストに『ｘｙｌｏｐｈｏｎ』の名前があることは先刻承知のくせして、それでも微妙に心搏数《しんぱくすう》が跳ねあがる。

総司とのことを吹っ切れたわけではなかったし、一春がそそのかしたように玉砕する覚悟などまるでできていなかったけれど、ほんのちょっとだけでも顔が見れるからと、期待とも不安ともつかない感情に身体中がいっぱいになる。

一徹に言ったように、もう来週には大学の後期がはじまってしまう。そうなると配達を代わってやることもそうそうはできなくなるだろうし、総司と逢う機会自体が皆無に近くなる。せめて、仲のよい年下の友人のポジションくらいなくしたくないと考えることは欺瞞《ぎまん》だろうか。

総司を好きだと思い知っても、一夏にはなんにもない。報われない恋に苦しむ彼に、差しだせるまろみのある身体だって持っていないし、総司にしてあげられることといったら、おさんどんの真似事くらいで。

だからせめて平静な顔を装うことくらい、きっとできる。普通に笑って、なんでもないよと、気にしないでと、言ってあげたかった。真純のためにあれほど苦しげな横顔を見せる男の肩に、余計な感情を持ちこんだりしたくなかった。

それはつらいだろうけれど、泣きたくなったりもするだろうけれど、そうなれば一春に慰めてもらおう。

「大丈夫だいじょうぶ、なんとかなるさ」

『ｘｙｌｏｐｈｏｎ』が近づくにつれ、次第に早鐘を打ちはじめる心臓を宥めるように、一夏は繰り返し呟いた。

火照ったように赤い頬が、その言葉をまるで裏切っていることは、しかしどうしようもなかったけれど。

深呼吸して、軽トラから降りる。インターフォンで呼びだすまえに、コンディションを整えようと考えていた一夏は、しかし遠目にもはっきりとわかる長身の影に、ばくんというすさまじい音を立てて心臓が引っ繰り返ったのを知った。

（なんでいきなり、いるんだよぉ）

しっとりと肌を包むような雨が降り続けているというのに、ドア脇のひさしに頭がつっかえそうな総司は、静かに煙草を燻らしている。挙げ句、こちらに気づいたと見え、立ちすくんだ一夏をじっと見つめている。

「うう」

うなってみても、どんどん赤くなる頬はどうしようもない。くそう、と覚悟を決めてケースを担ぎ歩きだせば、当たりまえだが総司の姿が近づいてくる。

「……配達っ」

顔をあげられないまま、ようやくそれだけを口にした。まるで怒っているような声になってしまい、こんなはずじゃないのにと内心ではうろたえながら、困ったように押し黙った総司のまえにいるのがいたたまれず、次のケースを取りにいくために走りだした。

「一夏」

その腕を、大きな手のひらに摑まれて、確実に二度は体温が上昇する。うなじが熱くて、なにか喋らなければと思いながらも口のなかは渇くばかりで、声がでない。

これじゃ総司に変に思われる。

いや、もう変だ。変に、なってしまった。

「離せっ！」

上擦った声がようやくでたと思えばまたそんな言葉を怒鳴ってしまって、一夏は泣きたくなった。

こんなつもりじゃなかったのに、怒鳴ったりするつもりじゃ。

「ごめん」

深みのある低い声が静かに呟き、腕が解放される。去っていく体温にはっとなり、思わず総司を振り仰ぐと、どこか哀しげな顔をした男がいた。

「ごめん、この間は、本当に」

苦い顔で言葉を切った総司は頭を下げ、一夏はうろたえる。

「や……やめなよ、上川さん、ちょっとやめろよ！」

あわあわと一夏が言っても、総司は顔をあげてくれない。しっとりと降りしきる雨に、制服もセットした髪も濡れはじめている。また風邪を引いてしまうかもしれない。

「もう、顔も見たくないかもしれないけど、謝っておきたかったんだ」

「そ、そんなことないから！」

このままでは土下座でもしかねない総司の沈痛な表情に、一夏のほうが泣きたくなる。そんな顔をしないでくれと、きりきり痛む心臓のうえ、雨に湿るシャツをぎゅっと握り締めた。

「もう、怒ってないよ、もう忘れたから！　顔あげて、頼むよ！」

お願いだからと、自分よりも大柄な総司を引きずるようにして、店の軒下に立たせる。

「許してくれるか？」

雨に崩れた前髪が、きれいな額にはらりと落ちて、状況も忘れて見惚《みと》れそうになる。こくこくと頷きながら、雫《しずく》の滴《したた》るそれを払ってやりたい衝動に疼《うず》く指先を、一夏はぎゅっと握り締めた。

久しぶりに見る総司は、死ぬほどカッコよかった。色の薄い瞳が、雨に煙ってきれいだと思う。

そんな瞳で憂い顔を向けられて、勝手に火照る顔や潤む瞳、を雨を拭うふりでこすって誤魔化す。

「なんでもないほんと、気にしてないよ。あ、あのほら俺酔ってたし、よく覚えてないってゆーか」

じっと見つめている一夏の頬は淡く染まっている。腕を握り締めただけで、拒むようにその細い身体は震えていて、哀れみさえ感じるほどだった。

あの写真のように笑っていてほしいのに、一夏の睫毛の長いきれいな瞳は怯えたように揺れ

ていて、それでも総司を許すと言ってくれる。ぎこちない態度に、自分がどれほど彼を傷つけたのか思い知らされ、あらためてショックを受けた。

ねえ、と覗きこんでくる懸命な一夏に、どうしてか総司は泣きたいような衝動に見舞われる。それは、昨晩真純に覚えた唐突な告白欲とひどく似ていて、いきなり訪れては総司の意思を裏切り、行動を起こさせてしまうのだ。

「か、みかわ、さん?」

「一夏」

十センチ以上低い肩に、額を押しつけた。上昇した体温が蒸気のように総司の頬を撫でる。雨の日だというのに日向の匂いのする一夏の体臭は、切なさを覚えさせて総司の胸を何度も苦しめる。

「真純さんが妊娠した」

「え」

唐突な行動に驚き身動いだ一夏は、総司の言葉にぴたりと身体を硬直させる。

「なんかとにかく、終わった」

たくさん、話したいことがある気がしていた。昨夜ほとんど眠れないまま、頭のなかをぐるぐると駆けめぐったさまざまな事柄を、陽性の気質の青年にすべて打ち明けて、楽になりたいと。

けれど総司の口からでてきたのはその一言きりなく、あとはいくら言葉を紡ごうにも、押し殺したような吐息が食いしばった歯の隙間から洩れていくのみだった。

「……そ、か」

黙りこくったまま、肩で総司の重みを受けとめたままの一夏は、長い沈黙ののちぽつりと言った。

「失恋、しちゃったんだね」

「ああ」

さらさらという雨の音に紛れそうな声で、もう一度一夏は「そうか」と言った。つらそうな声に、ようやく顔をあげた総司は、泣きだしそうな瞳で笑っている一夏を見つけ、鋭い銛《もり》で胸を貫かれたような痛みを覚える。

「あのね……あの、俺もね」

しかし、わななくような吐息とともに、一夏の細い声が告げた言葉に、痛みはさらに激しくなった。

「俺もそう、シツレン、したばっかなんだ」

「え？」

えへ、と笑ってみせたなめらかな頬を、雨の雫が滑り落ちていく。思うよりも先に総司の指先はそこに触れ、涙のような、だが冷たいままの水滴を拭っていた。

振り払うこともしないまま、静かに、なにかを堪える瞳で一夏はまた笑った。明日木曜だよね、と表情に不似合いな明るい声に、総司は茫然と頷く。

「振られたもの同士、呑みますか？」

ぱん、と総司の肩を叩いて、いらえも待たずにきびすを返す。

「今日の配達終わったら、アンタんとこ行くよ」

小走りに荷台のケースを降ろしにいった一夏の背中を見つめる自分の瞳が、焼き尽くさんばかりに激しくなっていることに総司は気づく。

（誰だ？）

失恋したばっかりと、一夏はそう言ったのだろうか。

（誰にだ？　誰だ？　誰があんな顔をさせる？）

一夏の傷ついたような、諦めの混じった悲しい眼差しが胸を苛む。

重い荷物を抱えこちらへやってくる一夏に、睨むような瞳を向けた総司は、傍《かたわ》らを擦り抜けようとした細い腕を、とっさにもう一度摑んだ。

「なに？」

先ほどとは異なる、痛むほどの力で腕を握り締め、顔を覗きこんでくる浅い色の瞳がなぜだか怒っているように見える。一夏は怯えながらも魅入られたように、視線を外せなかった。

「誰だよ？」

「なにが」

「おまえの好きなやつ、誰？　どんな女？」

もともと口調に抑揚はあまりない総司が、奇妙に平坦な声で問いかけてくるのがなぜか恐い。

「いいじゃん、そんなの」

口籠もりながら手を振りほどこうにも、締めあげるように食いこんでくる指先が痛くて、一夏は眉をしかめる。痛いよ、と訴えても離してくれそうにない。

「上川さんの、知らないひとだってばっ」

本当は知らないどころか当人であるけれど、他に言いようもないまま一夏は自棄《やけ》になったようにそう告げる。摑まれた腕よりも、奇妙な熱をはらんだ眼差しにずきずきと心臓が締めつけられる。

「じゃあどんな女」

「しつこいっ！　痛いよ！」

離せ、ともがいた一夏の肩を摑み、狭い路地の塀に押しつけるようにして総司は顔を近づけた。怒っているかのような険しい顔で覗きこまれ、無理遣りに口づけられたあの日のことがよみがえる。

「教えろよ、一夏」

鼻先の距離に近づいた端整な顔立ちに、目眩《めまい》がする。

薄い唇が言葉を囁《ささや》くたびに、腰が砕けてしまいそうだった。

（なんで……）

フッーの顔をして、フッーの友人のふりで、せめてそんな距離を保とうと、泣きたい気持ちで頑張っているのに。

細い脚で地面を踏みしめ、動けなくなる一夏へと、この男は強引に近づく。視線で声で搦《から》め捕って、がんじがらめにしてしまう。

つらい、苦しい、やるせない、泣きたいほど昂ぶって、それも全部総司のせいなのに。

どんな「女」なんだなんて、残酷なことを訊く。

（上川さんのせいなのに！）

うるさく耳元を叩く心臓の音を聞かれてしまいそうで、恐慌状態に陥った一夏は、上擦った声で囁くように言った。

「女、じゃない」

自分の肩を摑んだ総司の手のひらは瞬時強ばり、眇むように眇められていた瞳はゆっくりと見開かれていく。

「俺の好きなひと、オトコだもん」

薄く笑って、挑むように睨みあげた先の総司は、一瞬茫然とした表情を覗かせ、一夏はこの手が離れていくことを予想した。

しかしそのあといっそう強い力で両肩を摑んできた総司に、今度は一夏が驚かされる。

「痛っ」

肉に食いこむような強い痛みに非難する声をあげるが、怒りを堪えるような険しい表情で睨みつけられる。ぎくりと背筋を強ばらせる一夏の怯えた表情が、総司の色浅い瞳に映しだされた。

「やだ……」

獰猛《どうもう》な光を宿すその瞳に、あの夜のことが思いだされ、力ない声で弱々しくもがく一夏に、総司の吐息が近づいてくる。睫毛が互いの頬に触れそうな距離で見つめあっても、もう表情を読み取ることなどできはしない。

そして、もう二度と知ることはないと思っていた総司の艶めかしいような息遣いが、唇に触れた。

「……！」

もがいた肩を、摑むのではなく包むように縛められ、長い腕に閉じこめられたまま強く唇を吸いあげられた。

心臓が鷲摑みにされたような痛みに、一夏はきつく目をつぶってしまう。歯を食いしばる強情な唇を、だが総司はあの夜のように強引に開かせることはなく、角度を変え、薄い皮膚の感触を味わうように唇で唇を掠る。

「……ふっ」

小さな音が聞こえるたび、総司のそれが自分の頑なな唇にキスを送っていることを知らされ、そのあとに走る痺れるような感覚によって確かめる。痛いほどの力で拘束する男は、奪うのではなく、なにかを送るような、そんな口づけを一夏にほどこした。

「どうし、……ん」

少し唇が離れた合間に薄く目を開け、どうしてと問いかけようとするが、すぐに追いかけてくる総司のキスと強い視線に疑問を封じこめられてしまう。

強ばっていた身体の力が吸い取られていくような気がして、覚束《おぼつか》なくなる足元を総司のシャツを握って堪えるころ、吸われて赤くなった一夏の唇があえかに綻びる。そっと差し入れられたものは、あたたかくやさしい感触で一夏の舌を宥めた。

「くゥ……ン」

頭の芯が舐め溶かされるような甘い快感に溺れそうになり、一夏が喉声をあげたのを機に、やわらかい濡れたものは引き抜かれていく。

唇のなかも瞳も潤んで、ぐったりと総司の腕に包まれるまま浅い呼吸を繰り返した。

「メシも酒もいらないから、夜にこいよ」

どろどろになった骨をかき混ぜるような声で、総司は耳元で囁いた。答えられないままにしがみつく腕の持ち主は、そしてやさしい声で最低で残酷な台詞を吐いた。

「慰めてくれよ、一夏」

目を見開き、愕然と総司を見あげれば、冷たい瞳に囚《とら》われる。

言葉の意味するところが、一夏の考えたろくでもない、あんまりな妄想と同じであることを知らされ、口づけの余韻にはあまりに苦い、忙しない息で胸が苦しくなる。

ふざけるなと言うつもりだった一夏の唇は、総司の口づけに赤く熟れたまま、掠れて頼りない声を洩らしてしまった。

「……いいよ」

悲しいのに、表情だけは笑みを象《かたど》る。笑いの形に歪んだ唇に、もう一度掠めるように触れられて、なぜだか自分が汚れてしまった気がする。

（ぶつかるまえに、壊れちゃったよ、春ちゃん）

それでも、一夏にはこの男を拒むことなどできなかった。

汚すのは総司で、傷つけたのも総司で、それでもこんなふうに触れあえるなら、もうどうだってかまわなかった。

一度だけでも、おふざけの行きすぎた遊びでもいい。

もう一度そっと触れてくる唇を、静かに目を閉じて一夏は受け入れた。

どれだけ惨めで哀れな思いをしても、裸の総司が欲しいのは、紛れもない一夏の真実だった。

＊　＊　＊

雨に打たれたので風呂に入る、と家に戻るなり風呂場に直行したびしょ濡れの一夏の姿を、家族の誰も訝ることはなかったようだった。

湯気に曇る鏡をなんの気なしに指先で拭い、そこに映った自分の表情がずいぶんと情けないものであることに気づき、一夏は眉をひそめる。

赤い唇を食いしばったまま泣きだしそうな瞳をした、痩せた自分の姿を見るのが苦痛で、手のひらに掬《すく》った湯をばしゃりとかければ、溶けるようにぐにゃりと鏡像は歪み、不愉快なそれを見るまいと背を向けて湯槽《ゆぶね》に浸かる。

酸の匂いのする冷えた髪も身体も、一夏はいつもよりも念入りに、丁寧に洗った。情けなくて涙がまたでそうになったが、このあと待ち受けている事態を考えれば、そうせずにはいられなかった。

あの濃密な口づけを受けたあとで彼の家に行くと言った以上、この夜がいままでのように穏やかな空気ですぎていくことはありえない。

思春期のころ、放課後の教室で、友人たちと声をひそめて教えあった拙《つたな》い猥褻《わいせつ》な知識のなかに、余興のように混じえられた男同士のソレについて、滑稽《こっけい》で不潔だという感覚を覚えたことを思いだし、一夏は自嘲気味に笑った。

（ほんとに、やられちゃうのかなあ）

総司が実際、どこまでなにをほどこすつもりで「慰めろ」などという似つかわしくない台詞を吐いたのかは、一夏には知る術もないことだ。一体どういう思いつきで一夏を求めようと思ったのか、いまにしてもよくわからない。

一夏が芯からそういう性癖だと勘違いして、都合よく使える相手だとでも思ったのか。女に不自由するどころの男ではないのに、どういう気紛れだというのだろう。

（それでもいい）

はっきりしているのは、そのみっともない行為を自分が受け入れている――というよりもむしろ、望んでいる。その事実だけだ。

濡れた髪をかきあげながらもう一度曇った鏡に目をやれば、擦りガラスの向こう側にある人影のように、曖昧な肌色の物体がぼんやりと浮かびあがるばかりだった。

風呂からあがると、できれば顔をあわせたくないと思っていた一春は台所のテレビに映るナイターに釘づけになっている。兄にこの顔を覗きこまれては決心がぐらぐらになりそうで、足を忍ばせて、一春の背後を通りすぎた。

ほっとしながら身支度を整え、靴を履いたところで母親に「上川さんのところに行ってくる」と告げれば、時間が時間であったため、泊まりかと訊ねられた。

「うん、明日の昼には戻るよ」

「遅いから、気をつけなね。ご迷惑かけないようにね」

すんなりと送りだされ、いつもと変わらない会話をかわし、行ってきますと表にでれば、雨あがりの澄んだ夜空があった。酒はいらない、と言われたものの「これ持っていきな」と母親に渡された総司好みの日本酒は、デイパックのなかでかさばって重い。背中を引っ張られる気がして、自然一夏は星空を眺めながら夜道を歩く形になった。

上を向いて歩こう、確かそんな歌があったなと思いながら、細い足は湿ったアスファルトをしっかりと踏みしめ、夜のなかを進んでいくのだった。

連日の早退に中谷はあまりいい顔をしなかったが、このところの総司の鬱屈を見兼ねてか「早く浮上しろ」と一言を洩らしたのみで、細かい小言をたれることはなかった。

いっそのことここで中谷に引き止めてもらえるならそのほうがましな気がすると思っていた総司は、自分から言いだしておきながら苦い顔で退出のタイムカードを機械に押しこんだ。

明確な時間を指定したわけではなかったが、一夏のことだからもうそろそろ総司のアパートへ向かっていることだろう。苦く嫌なものがむかむかと胸にせりあがり、嘔吐感《おうとかん》によく似た自己嫌悪を総司は胸のうちで何度も噛み潰す。

揺れる電車のなかでは、帰宅途中のサラリーマンが大きく船を漕いでいる。乗客はまばらで、ただでさえ目立つ総司はその剣呑な表情で、その場から完全に浮きあがっていた。

下卑《げび》た台詞を吐き捨てた総司に、青ざめた顔をした一夏の瞳が驚愕に見開かれた瞬間、すでにその言葉を総司は後悔していた。

冗談だろうと笑って誤魔化すなり、強く突き飛ばしてくれれば、すぐにでもあの身体を放してやれただろうに。

「どうして……」

独白は、がたりと大きく揺れた電車の騒音に紛れ、吸いこまれていく。

なぜ、一夏は許したのだ。指先まで震わせて泣きだしそうに眉をひそめたまま、それでも笑ってさえ見せた。

確かめるように触れた唇はやさしく開き、総司の身勝手な苛立ちを宥めるように小さな舌を従順に差しだした。

一夏は、その想い人にもあんなふうになめらかな唇を味わわせたのだろうか。

身体を開いたりも、したのだろうか?

「……クソ」

まったく自分本位な考えではあるが、ずいぶんと不愉快な想像に総司は低く舌打ちをする。

慣れているとは言いがたい所作であったけれど、それ以外に一夏のあの寛容さを理屈づけることができない。

（一夏が？　誰かに？）

あんなに無垢《むく》な瞳をして、女も知らなそうな細い腰で、抱かれたことがあるというのか？

いったいいつ、どこで、どんなふうに、どうやって――誰に！

（ふざけんなよ）

総司はその生々しく下世話な想像に余計に苛立ち、血ののぼった頭を乱暴にかきむしる。

不機嫌顔を露にする挙動不審な長身の男をちらちらと眺める、遊び帰りらしい若い女の視線が腹立たしく、ぎろりとねめつけると焦ったように視線を逸らした。

見知らぬ女に八つ当たったところで、胸のうちは晴れそうにもない。

最寄りの駅に到着した電車から、わらわらと吐きだされてくる人混みのなか、総司の歩みは緩慢だ。

この勢いのままでは、本当に一夏を壊してしまうかもしれないと総司は思い、連日零し続けたため息のなかでもことさらに重たく、鬱々とした吐息を洩らした。


帰りついたアパートを見あげ、自分の部屋のドアのまえに細い人影があることに気づいた総司の胸は鋭く痛む。遠目で表情までは読み取れなかったけれど、頼りなげに肩を落とした一夏はぼんやりした風情でたたずんでいる。

（バカだよ、おまえは）

電車のなか、膨らませた妄想のように汚されているようにはとても見えない、その所在なげな姿を、これから自分こそが貶《おとし》めようとしている。みすみす傷つけられにやってくるようなものなのに、なぜ逃げなかったんだと総司は目元を歪めた。

わざと足音を立て、ゆっくりと階段をあがれば、近づく気配に怯えていっそ去っていきはしないものか。そう思いながら最後の一段をのぼり終えると、青白い明かりに照らされた一夏がその小さな顔を振り向かせた。

「おかえり」

そう言って笑う顔が、藤江が写した写真のなかの表情とだぶる。言葉も返せず、息苦しさに表情を険しくした総司に、一夏は「お土産」と酒瓶を手渡してきた。

「いいのに」

「母さんからだから」

ごく小さな声のいらえに、それでもほっとしたように肩の力が抜けるのを目の端に留めながら、総司は鍵を開く。そうしてから、一夏が訪れなかった間の部屋の惨状が、当然ながら今朝がたから変化していないことにふと気づいて、ドアを開くのを一瞬ためらった。

だがもう、ここまで来たらいまさらだ。ままよ、と一夏を促して玄関に入れば、電気をつけるなり「うわ」と小さな声が背後に聞こえる。

「いつから掃除してないのさ」

いつぞやか、見舞いに来てもらったとき以上の散らかりように、一夏も緊張を忘れたような声で問いかけてくる。

「わからん」

「しょーがないひとだなあ」

狭い玄関で靴を脱ぎながら、吐息混じりの総司の答えに、仕方なさそうにくすりと笑ったその顔に、胸の痛みが激しくなる。

指の先までも侵す、その激しさに巻かれるまま小さな顔をじっと見つめれば、笑いの余韻に小さく綻びた唇がごくわずかに開き、震えた。

頭のなかがスパークして、他になにも考えられなくなる。総司の瞳に一夏以外のなにも映らず、長い睫毛をしばたたかせた一夏もまた、同じ色の眼差しで見つめ返してきた。

その瞬間に覚えたのは、先ほどまでの理不尽な苛立ちや不快さに塗《まみ》れた暴虐的な衝動ではなく。

ただ切ない、息もできないような愛しさだけだった。

「上川さん?」

静かに腕を伸ばし、ゆっくりとそのなかに一夏を閉じこめれば、不思議そうな声が自分の名を呼ぶ。光を含んだ瞳を覗きこみながら頬をそっと撫でれば、ぴくりと震えながらも目を閉じた。

腰を抱いて、体温を分けあうようにやわらかに抱擁する。強引な腕しか知らなかった一夏は、却って驚いたように小さく身動いだ。

「ん……」

頬に手のひらを添えたまま、触れるか触れないかの、羽根のような軽い口づけをいくつも落とす。カットソーに包まれた細い腕を軽く摑んだまま、緊張を解すようになんども手のひらを滑らせた。

いつか、ただ激情に駆られて八つ当たりのようにこの唇に触れたことが、ひどく悔やまれる。もっとやさしい触れかたをしていれば、あんなに一夏を泣かせることもなかったろうに。

悔やみながら、そしてまた結局容赦のない唇で、やわらかな心を傷つけているのかもしれない。

少しずつあがりはじめる吐息ごと潤そうと舌先を忍ばせれば、まろやかに濡れた内部に陶酔感が走る。一夏の背中が細かに痙攣《けいれん》し、いままで彼にほどこしてきたそれとあまりに違う触れかたに戸惑うように、キスの途中で問いかけるような眼差しをした。

立ったまま、角度を変え、触れる強さを変えて幾度も唇を吸いあげてくる総司に、ほんのわずかに解放された一夏は頼りなく首を振る。

「やだ……」

瞳が潤んでいて、言葉を裏切るその眼差しを総司は信じる。

「く、ふ……んっ」

腰を強く抱いて深く唇を奪うと、甘えた声が総司の喉に溶けていく。舌を強く吸うと息苦しいのか、抗議するように総司の長いうしろ髪を指に巻いて引っ張る。

「こら、痛いって」

ふっくらした下唇が濡れている感触を楽しむように、自分の薄いそれで擦りながら呟けば、情欲を孕《はら》んで掠れた声が一夏の頰を赤く染める。

「上川、さん」

「うん?」

額をくっつけて言葉を促せば、どうしていいのかわからないような赤い顔がある。

「もう、すんの?　いきなり?」

恥じらう声に誘われ、強く口づけたあと、腕を引いて敷きっぱなしの布団のうえにもつれこんだ。

「するよ。わかってただろう?」

少し意地悪な声で言えば、唇を噛んでうつむいた。玄関からの明かりで照らされた耳朶《みみたぶ》は淡く染まり、そっと唇に含むと大きく肩を揺らす。あたたかい、甘く清潔な香りが、上昇した体温にふわりとのぼり、総司の鼻先をくすぐった。

じっと耐えるようにおとなしかった一夏だが、シャツのなかにくぐった指がなだらかな胸へろくでもないことを仕掛けようとするのに、さすがに戸惑うような視線を流す。

「む……胸、ないよ？」

「ん？」

やめてほしそうな声で言いながら、総司の腕を押さえる一夏に生返事をして、崩れた襟元に唇を這わせる。もじもじと、膝に抱かれた腰が逃げたがっている動きを見せた。

逃がすかと、総司は探り当てた小さな粒を指で挟み、摘みあげる。

「いたッ」

「悪い」

軽く触れただけで上擦った声を洩らした一夏は、それが敏感になっている証拠だと総司に教えてしまったことには気づいていない。まくりあげたシャツに頭を突っこむようにして、女のそれよりもかわいらしい小さなそれに舌を這わせると、びくびくと震えた。

「ひ……！」

「これなら痛くないだろ？」

濡れたそれを指先で撫でると、細い腰が跳ねた。自らのそんな反応が信じられないように、怯えた瞳でかぶりを振る。

幼いような、なんの計算もない仕草なのに、誘われてしまうのはなぜだろう。激しすぎる口づけに巻きこめば、喜ぶよりも怯える舌がたまらない。

真純に覚えたのよりも遙かに狂暴で、甘ったるい感情の波が総司を押しあげ、一夏に溺れさせていく。まろみのない、発育不良の少女のような手足は頼りなく、ひどいことを強《し》いている自覚をいやでも総司に教えこむ。

「ふあ……は……っ」

いいようにかき回した唇を押さえ、痛い、と泣きそうな顔で一夏は呟いた。可哀想にと思いながら、濡れたそれを指ごと舌で撫でてやる。

「この先はもっと痛いぞ、一夏」

抱き締めて囁けば、びくりと怯えにすくむ細い身体。

「本当にいいのか？　つけこむぞ、俺は」

もうあとには引けなくなっている熱をほっそりした太股に押しあてると、肩をすくませながらも震える腕で縋りついてくる。

「いいよ……」

「そんな簡単に言っていいのかよ？」

従順な仕草になぜか苛立ちながら覗きこんだ瞳は、怯えに揺れているくせに強い光を放っている。いいんだ、と呟く声が自棄になっているように聞こえ、なおも言い募ろうとする総司の唇を、幼いようなキスが塞《ふさ》ぐ。

「ずるいの俺だから。いいんだ」

「え？」

ごく小さな声で呟く言葉に引っかかりを感じた総司は問いただそうとするが、見あげてくる一夏の挑むような視線に言葉を失う。

「しようよ」

「かず……」

「慰めてあげるから。俺のことも、慰めてくれよ」

似合わない、はすっぱな笑みに目が眩《くら》む。怒りに似た熱情のままに、強引に肌を探れば、やはり恐がっているのがわかる。

（ずるい？　なにがだ？）

静かに目を閉じたままの一夏の表情はやはり大人びて、総司の胸にさした疑問と——期待のような、不可思議な感情に答えてはくれない。

強情な唇を開かせるのは、問いつめることではなく、もっと違うやりかたなのだろうか。陳腐な発想に片頬で笑いながら、開かれた胸に顔を埋めた。

自分自身さえわからないくせに、このなかにあるものを知りたがっている。引きずりだそうとしている。

背中を甘く痺れさせるような高揚を覚え、一夏のやわらかな心を暴くために総司は唇を近づけた。

身体中を撫でられ、同じほどに唇で触れられて、身悶える一夏の性器を強い指が摑んだ瞬間、電流が足の爪先まで流れこむ。

慰めてと言ったくせに、裸の一夏をシーツに縫い止めたまま、総司はシャツさえ脱ごうとしない。対して、足の奥をゆっくりと揉み拉《しだ》かれる一夏は、なにひとつこの身体を隠すものもない。

「ああ、あっ……や……ッ」

総司の指の動きが滑るようなものに変わったのは、自分が洩らしてしまった浅ましい体液のせいだと下肢から響く濡れた音に教えられ、一夏は自分の身体に伸《の》しかかった総司の肩を押し返すように仰《の》け反《ぞ》り、掠れた声をあげた。

女性相手の愛撫しか知らない総司は、揺れる膨らみのない胸をそうと知りつつ強い指先で揉み解すように卑猥《ひわい》にまさぐる。薄い唇で吸いあげては軽く噛まれ、そのたびに一夏は首を振りながら嬌声《きょうせい》を洩らした。

「あ……んん、いや……！」

喘《あえ》ぐ声をだらしなくゆるんだ唇から零れさせるたび、総司の口づけはその濃度を高め、指先は淫《みだ》らに這い回る。

自分の身体が欲望の捌《は》け口にされるのだとばかり思っていた一夏は、ねっとりとした愛撫を繰り返し、いたずらに翻弄《ほんろう》するばかりの男がわからずに、唇を噛んでかぶりを振る。

（なんで……俺だけ？）

自分から言いだしただけに、総司がその気になれない、というわけではなさそうだった。

震える自分の腿《もも》には、ジーンズの布地をきつく押しあげている総司の熱がときおりに押しあてられ、その昂ぶりに怯えるような、どこかときめくような、相反する気持ちに引き裂かれる。

それを観察するような冷たいような目で眺め下ろして、それなのに、もっと乱れろというように、総司の指は震えている脚の間で熱っぽく執拗に淫らに蠢《うごめ》き、一夏を翻弄する。

昂ぶった性器はどうしようもなく張りつめて、どれほど華奢だろうと、柔和な造りの顔をしていようと、一夏が男である印に他ならない。

浅ましいような熱と欲の塊だ。そんなものを総司に触らせたくなくて、もういい、と一夏は血ののぼった顔でささやかな抵抗を試みる。

「そんなのいいよ。いいから……れて」

さすがに自分自身経験のないことをはっきりと口にすることはためらわれ、かたく目を閉じたまま呟いた一夏は、近い距離にいる総司の気配がまた不機嫌なものを纏ったことに気づきながらも、それを慮《おもんぱか》る余裕もない。

「したことあるのかよ」

冷めたような吐息混じりの抑揚のない声に、面倒がられているようで、しゃにむに一夏は頷いた。

「ある。だから……して」

言葉と裏腹な悲壮な表情で、縋るように広い肩を抱き締めた。そうしなければ、総司を突き飛ばして逃げだしたくなる臆病な自分を止められそうになかった。

総司がほしいとは思ったけれど、いざ裸に剝かれて肌を探られてみれば、彼の指や唇の生々しさが死ぬほど恐かった。そして、これからどこになにをされるのかを考えれば、その無茶な行為は苦痛以外のなにものをも生むことはないような気がして、想像するだけで肌は冷たく強ばってしまう。

執拗な愛撫は、そのことへの埋めあわせのような気がして、恐くて恐くて——だから。

「はやく……っ」

早く終わらせてしまいたいと哀れに訴える一夏は、総司のなかに燻《くすぶ》り続けている苛立ちを、いたずらに煽ってしまったことには気づけないでいた。


「ウ……！」

総司の指が深くまで入りこんで、身体中の神経が甘く絞りこまれる。なんとはわからない、総司が塗りつけたクリーム状のものが体温に溶け、べとついて気持ち悪いはずなのに、総司の指がそこにあれば、自分の狭間はそのぬめりを悦んでしまうのだ。

「んん……っア、あぁ！」

こんなことをされるのははじめてのくせに、どうしようもなく感じてしまっていた。突きだすようにした腰が、堪えるせいでときおりひどく揺れてしまう。いやらしい動きに、総司が呆れてしまわないかと、一夏はそればかりが気になった。

「いや、痛い、いや」

「そうか？」

そう言えばやめてくれると思ったのに、総司はふうん、と鼻先で笑う。そして、素早く抜き差しする指で、一夏のなかをいやらしく擦りあげた。

「やあァんっ！　ヤだっ！」

聞いていられないような、濡れた卑猥な音に呼応して、長く尾を引く一夏の悲鳴が震え、大きく開かされた脚が痙攣する。総司の、シャツに包まれてさえわかる硬い腹筋に、反り返った自分のセックスが当たって、淫らにしなっては濡れそぼち、布地に染みを作った。

乱れる一夏を観察するように、色の薄い瞳は怖いほどの真剣さで見下ろしてくる。

動かさない表情からは彼がなにを思うのかが読み取れずに、不安その間にも止まらない総司の指に、あそこのなかを女のようにびしょびしょにされて、かき回されている。

「あ……う、うう、……！」

畜生、と一夏はうなった。

これでおかしくならないわけがないのに、総司のせいなのに、どうしてこいつはこんなに平気な顔をしていられるのだろう。

総司の汗ばんだ頬に浮かぶのは、獰猛な征服欲と、冷めた、色悪めいた笑みだった。自分の身体のうえに乗っかった男の冷静さが腹立たしく、また哀しかった。

「もぉ、やだ……やだぁ、見んなよ……！」

素直な身体に心が引きずられ、すべてが無防備になった一夏は、しゃくりあげるような引きつった呼吸のなかで訴えた。「なんで」とむっとしたように総司が眉をひそめ、見慣れた不機嫌顔にようやく安堵する。

「へ、変、……変な顔、してっ……」

覗きこんでくる視線から歪んだ顔を隠すように、両手で覆った。喘ぐ自分の声が掠れて、女のように高くないそれが耳障りだ。

「気持ちよくないか？　痛いだけか？」

声音はひそめられ、響きだけではそれが揶揄《やゆ》の言葉なのか気遣いなのかわからない。惨めな気分で首を振ると、「どっちだよ」と少し焦《じ》れた声がかかった。

　冷めた視線でねめつけられるごとに傷つけられ、うっかりと総司を、そのやさしさを求めてしまう心を必死で抑えつける。内側から炙《あぶ》られるような奇妙な快感は一夏の理性と努力を食い破り、堪えれば堪えるほどに激しく膨れあがった。

「腕、こっちよこせよ」

　しがみついていい、と言われても、一夏は強情に首を振る。あたたかい胸が恐い。その胸に抱かれて、溶けだしそうな心が恐かった。

「一夏……？」

　それなのに、強引な総司は身を捩る一夏を押さえこむように抱きすくめてくる。彼のシャツのボタンが裸の胸を掠り、わずかな痛みがあった。小さくうめく一夏を宥めるような声で、ゆるやかに指を蠢かせながら何度も名前を呼んだ。

　冷たい視線は変わらないくせに、総司が気紛れのように見せたやさしい仕草と声に、ますます苦しくなる。朦朧《もうろう》となる意識のなか、総司の低く掠れた声が、心の防波堤を食い破る。体温を重ねて、体内を暴かれて、虫食いだらけの、嘘ばかりになった気持ちが叫ぼうとする。

　息苦しさと、教えられた快感にぼんやりとゆるみはじめる意識を必死に保つため、総司の首筋に回した腕に自ら爪を立てる。皮膚に食いこむ痛みも、しかし与えられる感覚には太刀打ちできなくて、雫を零す一夏自身に指を這わされ、悲鳴のような声をあげた。

「やっあ……やだァ……！」

もうしないで、そんなにしないで。

おかしくなってしまうから、もうこれ以上いじめないで。

下腹部を波打たせながら訴えても、震えるセックスをいじる指は去りはしない。厚みのある肩を叩くと、その腕を捕らえられる。

「おい」

そして、そこに見つけた、しっかりと食いこんだ爪痕に、総司は怒ったような顔をする。

「おまえ、なんなんだよこれ」

答えられず、しゃくりあげながら瞳を瞬かせた一夏に、冷たいような一瞥。

「そんなにイヤだったら、はじめから誘ったりするな」

呆れたような声での突き放すような言葉に、ひくりと息を呑んだ。だが、総司の瞳は強くて、目を逸らすことも許されない。なあと、恐いような表情で睨み下ろしてくるまま、総司は決めつけるような強い語調で言葉を続けた。

「なに考えてるんだ、一夏。おまえ、アソビでこんなことできるヤツじゃないだろ？　それとも、俺が知らないだけか？」

「ちが……」

責められるのがつらくて、弱く一夏はかぶりを振る。

「じゃあ、なんでこんなことまでさせるんだよ」

こんなこと、と言いながら総司は一夏に触れる指を作為的に蠢かした。零れ落ちそうになった嬌声を唇を噛んで堪えると、胸の先を摘まれる。

「わかんねえよ、なんでそんな顔する？　好きなヤツがいたんだろ？　俺を、替わりにするんだろ？」

忘れたいんだったら、もっと楽しめよ。一夏がそんなことをできるわけもないと知っていながら、苦々しく笑う総司は呟いた。

曲げられた指に刺激され、甘くうめきながら泣きたくなった。

肌をさらされるのは心まで剝きだしにされることなのだと、あらためて一夏は知る。熱くて正直な自分の身体が、いつまでこの気持ちを閉じこめておけるというのだろう。

見あげた男の表情はやはり硬いままで、それこそ少しも楽しくは見えなかった。どうしていいのかわからずにのたうち回る自分は、その瞳にはずいぶんと不様に映っていることだろう。

胸が苦しくなり、食いしばった歯列の隙間で吸いこんだ呼気が不自然な音を立てて熱くなった肺に痛みを与える。

（できるわけ、ないだろ）

勢いに流され、自棄になって「スキナオトコ」がいたと告げた一夏の言葉を、総司はあまり快く思っていないようだった。

そんな恐い顔で睨まないでほしい。まるで嫌われているようで、切なくてつらい。

抱き締められたいと願ったけれど、弄《もてあそ》ばれたかったわけじゃない！

「でき、ないよ」

強く押さえるように手のひらで覆った小さな顔が、汗ではないもので濡れていく。

「セ……セックスの、楽しみかたなんか、俺、知らない」

思わず口走る本音に、こめかみがずきずきと痛かった。呼吸が苦しくて、大きく胸を喘がせると、もう誤魔化しようもなくあからさまに震える呼吸。

気づかないで。泣いたりしてない。

「ごめ……下手だから、ヤ、なら……ッ！」

「一夏」

引き剝がされそうになった手のひらに力をこめても、腕力の差はいかんともしがたかった。濡れた頰を隠そうと腕の下でもがけば、きつい抱擁が逃げる身体を閉じこめる。

「なんで、はじめてなのに嘘つく」

「ひ……っ」

静かに囁かれ、ゆっくりと指を引き抜かれると、ざわざわと肌が粟立《あわだ》った。もう頭がごちゃごちゃで、しゃくりあげた身体を背中から抱き締めている腕にしがみつく。背中が総司の胸にすっぽりと納まり、緊張に冷えていた素肌をあたためていく。

「あんなとこ、本当は触られたこともないんだろう?」

責めている響きではなかったので、こっくりと頷いた。

「失恋も嘘か?」

「それは、ほん、と」

喉にせりあがるものを飲みこみ、つっかえながら言うと、なぜか不機嫌そうな荒い息をついて、総司の腕が強くなった。

自棄になってたのか、と聞かれ、内心の複雑さは押し殺したまま、また頷く。

「それで、俺も似たもの同士だから?　ちょうどいいかって?」

「さ……き、そ、言った……よ」

冷たい声に傷つけられながら、総司の気配がイライラと険しくなるのを腕のなかで感じ、一夏はびくりと身を縮めた。


強ばったままの細い身体に、総司は深く吐息した。

震えながら自分の腕を抱き締める一夏は、恐怖の対象である男に救いを求める矛盾を覗かせながら、それでも懸命な力で縋りついている。

強すぎる愛撫に本当は逃げだしたいだろうに、健気に堪え続ける一夏の肢体から汗とともに滲む切ない熱に当てられやさしくしてやりたいと思いながら、強情に逸らし続ける視線に腹が立った。

慰めあうように肌を重ねることなど、この直情で素直な青年ができるとは思わない。もっと正直に言えば、信じたくなかった。それが自分の単なる思いこみだったのかという快くない想像に、抱き締めた身体の不思議にやわらかな感触さえ色褪《いろあ》せそうで、苛立ちを抑えることができないでいた。

だが、試すようにあざとい愛撫で追いつめれば、一夏はおよそ慣れているとは言いがたい反応を返すばかりだ。ますますわからなくなりながら、追いつめて、ついに吐露《とろ》させた心情に、やはりというかほっとするような思いがする。

腕のなかの身体を怯えさせないように、腕の力をゆるめて抱き締めてみれば、おとなしくそのなかに納まっている。

そして、総司があともうひとつ、気になっているのは――。

「おまえの好きなヤツって、誰だよ」

耳朶をくすぐるように唇を触れさせ、そっと囁くと、激しく動揺するのが背中の震えで伝わってきた。舌で薄い輪郭をなぞり、一夏、と名前を呼ぶと、今度はその感触に肌をおののかせる。

「一夏、言えよ」

イヤだと縮こまる身体を仰のかせ、真正面から見つめれば、逃れるように視線を逸らす。

「だからっ……上川、さんの、知らないひとだよ」

総司にとって、それこそがいちばん納得いかない。大体が隠し事のできない性格であるし、一夏の交友関係は、その口から語られた言葉でほとんど把握していると言える自信がある。

泣きそうに思いつめているほど大事な人間のことを、ひとに向ける好意には手放しな一夏の性格からいって隠しおおせるとはとうてい思えないのだ。危なげな想いを語ることはなくとも、なんらかの形で意識していることくらいわかるはずなのに。

こんなことで気持ちを誤魔化すより、素直にぶつかって砕けるほうを取るのが一夏ではないだろうか。

「……ふうん」

吐息した総司は、面白くなさそうに「もういい」と言った。

離れていく腕に怯えたような表情をした一夏を仰のかせ、いままでのなかでもいちばん激しいような口づけが絡みあう。

噛みあわない気持ちに苛立つまま、その従順さがささくれた心情を煽って、無言のまま総司はまた一夏の身体に指を這わせ、不意打ちのようにもう一度深い部分に触れる。

「ク……う！」

強引に含ませたそれに、一夏は痛そうな声をだしたが、やめてやる気はさらさらなかった。

本当はやさしくしてやりたいのに、それを拒んだのは一夏だ。早くしろなどと煽って、そのくせに怯えた瞳で総司を拒んで。そんなにも想う相手が誰であるのか、教えてさえくれない。

歪む表情を見つめながら、身勝手な気持ちで指を蠢かす。

「おまえの好きなヤツは、おまえの気持ち知ってんのか？」

「やめ……！」

卑猥な手つきで胸を嬲《なぶ》り、耳朶を薄い唇で挟んだまま、総司は話を蒸し返した。

「言ったのか？　言ってないんだろ？　それでそいつがおまえのこと好きだったら、一夏、どうすんだよ。俺とヤッちまって、それでいいのか？」

冷静にさえ聞こえる声で囁きながら、総司の指は一夏の身体へろくでもないことばかり仕かけた。尋ねておきながら答えなど期待しないというように、何度も唇を塞がれる。

ひどい、と泣くと敏感な部分をあやされた。言葉と指先で責め立てられ、解放という到達を引き延ばされるばかりのそれに、女性相手でもさほど経験の多くない一夏はひどい疲労を覚えはじめる。

「も、やめろよ！」

じたばたと暴れると、両腕を押さえつけられた。無言になった総司は、その鋭い瞳でもって一夏に言葉を促した。哀願も、憎まれ口も、本気の抵抗も、この男のまえでは徒労にすぎない。

なにより、翻弄されるまま中途半端に反らされたままの身体がつらすぎて、ぼんやりと頭が霞《かす》んだまま、なにも考えられなくなっていく。

「一夏」

両手の指を搦めるようにして押さえつける力はゆるめないくせに、ひそめたやさしい声で名を呼びながら、流れ落ちた涙を総司は静かに舐め取った。

「一夏……」

頬にそっと口づけられ、震えが止まらなくなる。しゃくりあげるのを止められずに、引き結んでいた唇がついに解けた。

好き。好き。好き。

泣かされても、なにされてもいいくらい、好きだ。

「す、き……」

ぽろりと零れでた言葉に、涙がいっそう止まらなくなる。

「俺が、好きなの、上川さん、だも……」

押さえつけられていた腕がゆるんで、一夏は両手で顔を覆った。

なんでこんなことするんだって、そりゃあアンタが好きだからじゃないか。

痛いくせにはじめてのくせに、指入れられてこんなにヨクなっちゃってんのも、全部総司のせいなのに。

辱《はずかし》めるような言葉を吐いて、苛めて、泣かせて、こんな恥ずかしい格好までさせて。

恨みがましい視線で見あげた男を、それでもどうして嫌いになれないんだろう。そう思えば、もうどうしようもなく切なくて、また泣けてきた。

「ふっ……う……う……」

嗚咽《おえつ》する一夏を見下ろしたまま、総司はなにも言わない。

なんのアクションも起こさない男に対する苛立ちや怒りや、拭えない恋慕が綯《な》い交《ま》ぜのまま、

「抜け」と一夏は言った。

「しないんなら、抜けよっ……！　痛いっ！」

いたぶられるばかりだった時間が惨めで、胸が潰れそうだった。肌の熱さえ布越しにしか知らないまま、総司とは終わりになるのだろうか。

「う……っ」

無言のまま指が抜き取られ、一夏は小さくうめく。喪失感がすさまじく、いっそうひどくなる涙を堪えるため、うつぶせになってシーツを握り締める。

だが、総司の気配は依然として背後を去りはしない。不思議に思う余裕もなく泣きじゃくる一夏の耳に衣擦《きぬず》れの音がして、霞む視界の脇にぱさりと降ってきたのは総司のシャツだった。

「一夏」

「——!?」

そっと囁きながら背中に落とされたのは、小さな口づけだった。そして、なめらかな感触に

震える肌を包まれる。

　あたたかな体温は、衣服を脱ぎ去った総司だった。一夏の肩を包みこむ広い胸の持ち主は、先ほどまでの追いこむような接触とはまるで異なる色合の指先で、シーツにしがみつく一夏の指をそっと握り締めてくる。

「こっち向けよ、一夏」

「いやだ」

　穏やかな声をだしながら、総司の欲望は一夏の身体を蹂躙していたときとまるで変わらない熱さで腰の辺りに触れている。絡みつく腕が、脚が、剝きだしになった肌の温度が、ひどく生々しい。

「このままするぞ」

「いや……だ！　もう、しない！　しなっ……ん……！」

　身を捩って逃れようにも、うえから伸しかかられ手足を搦め捕られては動きようがない。剣呑になった声と表情でせめてもの抵抗を見せる一夏が振り返れば、怒鳴りかけた唇を甘ったるいキスで塞がれた。

「や……ゥン……！」

　疼くままに放りだされていた胸や、脚の間に細かく愛撫を散らばされ、首を振って逃れようとする口づけは執拗に濃厚に追いかけてくる。

そして、視線だ。

言葉できつく詰《なじ》ったあの激しさはかけらもなく、ただひたすらにやさしげで、それでいながら熱を帯びたような淡い瞳が、一夏の身体から力を奪っていく。

「ん……ん、……ふ」

やわらかく蕩けた身体を裏返されても、苦しいほどの口づけに骨抜きにされた一夏はもうなにも言えなかった。忙しない吐息を繰り返す色づいた唇に、頬を両手で包みこんだ総司があやすように軽く唇を寄せた。一体なにが彼の態度をここまで変えたものかわからない一夏は、涙に霞む瞳でぼんやりと男を見あげるだけだった。

焦点を失った瞳が切なく、総司は静かに細い身体を抱き締める。

「一夏、俺を好きだろう?」

強引に引きずりだした告白に総司が覚えたのは、身の内を駆け回るほどの歓喜だった。

たどたどしい口調で紡がれた言葉に、胸が震えるようだった。

「まだ好きか?」

この真っすぐな瞳が自分以外を映していることが許せずに、ずいぶんとひどいことをした。

強情な唇をゆるませたくて意地になり、身体で口を割らせるような最低なやりかたをした男に、彼がその言葉をまだ言ってくれるかどうか不安になりながらの問いかけに、一夏の瞳はまた潤みを帯びる。

「サイッテー」

怒りを堪える彼の瞳は強くきらめき、ぼやけていた焦点は力を増して総司を睨みつけてくる。

「教えてくれよ」

徐々に熱くなる頬を手のひらに閉じこめ、逸らすことを許さないまま鼻先でキスをする。

「死んじゃえ、バカ」

「一夏」

「ヤリたいんだったらさっさとして、さっさと終われよ！」

「一夏」

「ほらっ！　これでいいんだろ！」

やけくそのように怒鳴って脚を開いたあと、羞恥でさらに肌を赤らめる。総司のために開かれた身体をそっと撫でて、もう一度深く口づけた。

何度もいとおしむように下唇を吸いあげると、ぱらぱらと総司の指を掠めて落ちていく雫を舐め取る。虚勢が剝がれ落ち、無防備な瞳が総司を責める。

「ひどい」

「うん」

ごめん、とそこかしこに散らばせたキスを嫌がる仕草は、もう本気のそれではない。

「俺、はじめてなのに、こんなん……」

強情にシーツを掴んでいた指が、おずおずと肩に触れた。

「ここからは、やさしくする」

その頼りない指を握り締めながらまじめな声で告げれば、ひくん、と細い喉が震えた。

「だから嫌いになるなよ、一夏」

頬を軽く噛むと、ずるい、という涙声がか細くなる。

「嫌いじゃないよ……好きだも……すき……」

きゅっとしがみつく腕が、言葉よりも一夏の心を表している。胸がつまって、無言のまま重ねる熱を、一夏は拒まなかった。

散々に指で慣らしたそこは甘く蕩けて、総司をやわらかに飲みこんだ。体毛のほとんどない、なめらかな脚を撫でながら揺すりあげると、苦しそうな吐息の合間に甘い声が混じっている。

「あ……はいっ、て……！」

すべてを沈みこませた瞬間、あどけないような声で呟かれた言葉に総司の体温が上昇する。

「ん、んっんっ、……んん！」

細かに揺すぶられると、恐怖に似た感覚が絶え間なくこみあげて、一夏はきりきりと歯を食いしばる。それでも鼻に抜ける声が、総司にはどうしたって聞こえてしまうだろう。

入る。でていく。抉《えぐ》る。総司の淫らな蠢きに擦れて、じわじわとなにかが這いあがっていく。

「もぉ、死んじゃう……っ」

「つらいか?」

つらいといえばつらい。総司が動くたびに、身体のなかの血の流れさえ変えられるようで、たまらないから。

「上川さん……かみ、かわさ……」

痛いのに、苦しいのに、抱き締められ、つなぎとめられた箇所から伝わってくる甘いものに戸惑い、一夏は頼りなく、自分を蹂躙する、いとおしい男の名を呼んだ。

予想していたよりも遙かに受け入れるのは簡単で、痛みそのものが少ない分、内心の恐怖にも似た気持ちは膨れあがる。

「そんなに痛い?」

「ちがう、よぉ」

堪えても止まらない、淫蕩《いんとう》に揺れる腰の動きが浅ましくて、一夏は涙声で訴える。その声音になにを読み取ったのか、総司は口元だけで小さく笑った。

「——ア!」

強引な腕に腰を抱えられ、総司がより深みに潜りこんでくる。涙や汗でべとべとになった顔をシーツに擦りつけ、疼痛《とうつう》のなかにある感覚がより鋭くなる。

浮きあがった背骨を長い指が辿って、喘ぐ胸を舌が撫でる。送りこまれる刺激は容赦がなく、どんどん開かれていく身体に一夏はついていけない。

女のように犯され感じながら、なによりも一夏の性別を物語るセックスは震えながら張りつめている。自分の身体なのに、なにひとつままならない状態は拷問《ごうもん》のようで、それだというのにやめてほしくはないのだ。

「ああ……っ、あ、んぁ……！」

一夏の身体の脇にある、総司の裸の腕を抱き締め、無意識に頬を擦りつける。赤く染まった耳朶を舐められては、子犬が鳴くような声で鼻を鳴らして腰を振った。身体に取りこんだ総司が、なにかを暴くようにきつく、擦りあげてくるのがたまらなくよかった。

こんな自分は総司にどう見えているのか恐ろしくて、目が開けられない。それ以上に、激しすぎる感覚を堪えるのがやっとで、なにも考えられるような状態ではないのだ。

「一夏？」

逃れるように背《そむ》けた顔を、総司の指がこちらを向けと促す。身体の奥を苛む熱と裏腹のやさしい指に、眦にたまった涙が弾けて零れた。

叫びを堪えるために、彼の唇に自分のそれを押しあてて、舌を探り当て、きつく吸った。同時に、総司の欲望が膨れあがるのを感じ、一夏は低くうめいてしまう。

「うっ、う……」

結局は「やさしくする」という約束など守れずに走りはじめる総司に、一夏は甘い声で「嘘つき」と泣いた。

「や……いや、そんな、そん……っ！」

次第にその恨み言は意味をなさない喘ぎに変わり、失われた抗議の言葉は肌に残される爪痕に変わっていく。

仰のいた首筋に食らいつきながら、これがほしいのだと総司は思った。

恋と好意を告げる甘やかな言葉よりももっと、一夏に向ける感情と欲望は強い。身体を重ねることでなど追いつきはせず、抱いた分だけ強欲になった。

「一夏……一夏……っ！」

万感の思いをこめた囁きは、彼の名を呼ぶ以外になにも相応《ふさわ》しくない。

ほしいものはただそれだけでしかなく、ぶつけられる激情に応えるように、流されないように絡みつく腕がどこまでもそんな総司を許した。

「あ……！」

掠れた声をあげ、一夏が弓なりに背中をたわめ、濡れた熱い身体で総司を締めつけた。総司もかすかにうめき、ほぼ同じくして到達する。

自分の指と一夏の身体の奥を濡らしたあと、脱力した背中を静かに宥めるような指先を感じ、擦り寄せた頬をスライドさせ、小さな唇を味わうようについばんだ。

柔軟な一夏の身体は総司を飲みこんだままで、未だ去らない衝撃に白い下腹部は震えている。神経を痺れさせていた快感が去ってしまうとさすがに異物感に耐えかねるようで、つながりを

解くとその感触が不快だったのか、気をつけたつもりでもつらそうな顔で息を呑んだ。

哀れな表情に胸が痛んで、やさしいキスを頬に唇にちりばめれば、細い腕がもう一度遠慮がちに背中に回される。

「俺のこと、ちょっとでいいから好き?」

穏やかな口づけを交わすうちに、胸を喘がせた呼吸が収まりはじめる。総司の背中を撫でる一夏はつらそうにひそめた声で、そんなことを尋ねてきた。

「二番目でも、何番目でもいいから。ほんのちょっとでも、そういうふうに好きでいてくれる?」

本当はそんなことを望まないくせに、潤んだ眼差しでじっと総司を見あげた。

切ない眼差しに胸を締めつけられ、どう答えればいいのかわからずにいる総司の沈黙をどう受けとめたのか、「嘘だよ」と一夏は泣き笑いの表情を浮かべた。

「もう言わない、ごめん……!」

似合わない歪んだ笑いを、口づけて消し去る。一夏の不安を拭ってやれない自身への歯痒《はがゆ》さを噛み締めるのは、もうごめんだった。

「真純さんとおまえは、全然違うよ」

唇をぎりぎりで触れあわせたまま囁けば、いっそう傷ついた瞳に「そうじゃない」と総司は言葉というものの難しさにもどかしくなる。

「だから、何番目とか、そうじゃないんだ。そうじゃなくて」

彼女のことを、そう簡単に忘れられるわけではない。長い片恋に完全な終止符が打たれたのはなにしろ昨日のことで、それですっぱりできるほど生半な想いではなかった。

思い切ってしまうことにためらいもある。こだわり続けたことだけに、あっさりとそれを打ち棄《す》ててしまうことはどこか自分への裏切りのような気さえする。

それでも、このきれいな眼差しを確かに自分のものにしたい。

「うまく言えないけど、あのひとははじめから、俺のものじゃないんだ。それで、おまえのことは、誰にもやりたくない」

割り切れずにいるくせに、図々しいと知りながらそれでもそう言わずにはいられなかった。

「え……」

汗ばんだ額に絡む前髪を指先で払うと、大きく目を見開いた一夏は、嗚咽の名残のような引きつった呼吸をした。涙のせいで少し腫《は》れた目元を拭い、指通りのいい髪を撫でる。

「一夏が他のヤツを好きだっていうのは、俺は絶対に許せないんだ。だからちょっと……ひどかったと思う、さっきは……」

言い澱《よど》みながら、ごめんと呟くと、言葉がないままの一夏はぼんやりと首を振る。

「待っててくれ、っていうのはずるいか」

もう一度横に首を振り、細い指は総司の頬に触れる。期待していいのかという無言の問いかけに、震える手のひらに落としたキスで総司は答えた。

くすぐったい、と呟いて、まだ少しぎこちなくはあったけれど一夏は笑う。押し殺したような無理のない素直な表情に、身体の奥があたたかく潤うような気がして、まだ汗の残る首筋に顔を埋めた。

伸しかかる身体が少し苦しい、と肩を押した一夏を腕をゆるめて眺め下ろせば、生真面目な顔でこんなことを言った。

「ねえ、明日、掃除しようね」

汗まみれの肌を絡めたこんな状況での、あまりに似つかわしくない日常的な台詞に、総司は目を丸くする。

よくも悪くも健全な一夏に、強引な行為が彼の本質をなにひとつたわめることのなかったことが、ほっとするようなおかしみを感じさせ、総司の強ばっていた口角をゆるませた。

「おまえね、こんなときに言うか、まったく」

「だって……気になるよう」

こんな状態でことに至った自分もナニではあるし、お説ごもっともではあるが、しかし。

ムードもなにもあったものじゃないと喉奥で笑った総司に、一夏はむっと唇を尖らせる。もう一言二言、反論しようとしたそれが開き切るまえに、素早く唇で塞いだあと、もう一度抱き締めた。

「かみか……」

「おまえがいないとこうなっちまうからさ」

笑うせいばかりでもなく、声が少し震えた。

「傍にいてくれよ、一夏」

くぐもって弱いその声に、いいよと髪を撫でる一夏の指先がまたひとつやさしくなる。甘やかすようなその仕草に、総司の腕にこもる力が強くなった。

待っていてくれと言いはしたが、そんなに長い間でもないだろう。

そんな確信を抱えるまま、身勝手な言い草さえ許してしまう、寛容で甘い体温を抱き締め、何度触れても飽きることのない小さな唇を、慈《いつく》しむように静かに総司は味わった。

＊　＊　＊

長かった残暑もようやくなりをひそめ、都会の空さえ高く映る。

大学の後期がはじまるのと時期を同じくして一徹の腰が全快し、お役ゴメンとなった一夏はこの秋からのバイト先を『ｘｙｌｏｐｈｏｎ』に決めた。ろくに面接もせずにＯＫした中谷や、藤江の大歓迎ぶりに少々腰が引けつつも、なんとか楽しくやっている。

そんな秋口の、とある月曜日の朝だ。

まえの晩、『xylophon』からそのまま総司の家に泊まった一夏は、帰りついた柏酒店の看板のまえで、こっそりと店内を窺《うかが》った。

(よし、いない)

店内にあるのは母親と近所の小母《おば》さんの姿のみで、ほっと胸を撫で下ろしながら「ただいま」と声をかける。井戸端会議に夢中な母は、おざなりに首を振っただけで、近所の長坂《ながさか》さんの嫁姑問題に深刻そうな相槌を打っている。

この時間ならば一春は得意先への集金にでかけている。そう予測して家に戻らず、総司のところから直接大学に出向いたのは正解だった。

一春には総司とどうこうなったという報告は、結局のところしていない。

泣き言をたれ、爆弾発言をかました一夏に「玉砕したら泣いて帰ってこい」とまで言ってくれたのは心底ありがたかったのだが、その折には予測もつかないほど一足飛びに関係が進展してしまったせいで、気軽に兄に打ち明けられるような心境ではないのだ。

だが、ずいぶんな頻度で総司の部屋に遊びにいき、あまつさえ泊まりの多くなった弟が休み明けにバイト先までその男といっしょのところに決めたことで、あの聡い一春が気づいていないはずもない。

こそこそすんのも、変なんだけど。そう思いつつ一夏は自室にあがりこんで吐息する。

別に泊まったからといって即エッチ、というわけではない。昨夜もいっしょにビデオを鑑賞して、結局夏には行きそびれた「釣り旅行」のプランを練ったのみだ。

やましいことはしていないのだが、それでも好きな相手のところに「お泊まり」したあとで、事情を知っている家族のまえには顔をだしづらいのが人情というものじゃないだろうか。

少し寝不足の腫れぼったい目蓋は、あらぬ想像をかき立てるには充分な要素であろうし。

でも本当に、誓って言うが、なんにもしていないのである。――いや、たまに、キスくらいはするけれども。それもごく軽いもので。

それは昨夜だけのことではなく、実はあれからまだ一度も、総司は一夏に触れてこないのだ。

勢いと強引さで奪うように一夏を抱いてしまったことを悔やんでいるのか、いっそ焦れったくなるほどに総司は理性的だった。

そのことが少し不安になって、今朝がたの会話は少々喧嘩腰になった。目が腫れているのもそのせいである。

ふたりきりでいてもあまりにも淡々とする総司に、あれはなかったことにしてしまいたいのかと思って傷ついた一夏は、それなりに煮つまっている。

待っていてくれとは言われたものの、そういうこともまるですべてお待ち申しあげなければならないのかと思うと、正直な話、気持ちばかりでもなくつらい。

総司がすかした顔をしていても淡泊な質《たち》でないことは、はじめてのアレでしっかり教えられたのだ。どっちかといえばしつこい――とかまあそれはいいとして。

だったらもうこれは、そういう意味では自分に興味がなくなったのかと疑いたくもなる。

隣りあわせに横たわって一晩、ろくに眠れずに総司の腕を待っていた自分が惨めになって、大学の講義に間にあうぎりぎりの時間まで粘った一夏は、のんびりした声で「じゃあな」と言った男に無性に腹が立ち、玄関で靴を履く直前になって、ついに鬱憤《うっぷん》をぶちまけたのだ。

「上川さん、なに考えてんの？」

「は？」

「俺はねえ、あんたんとこ来るときいっつも、ちゃんと風呂すませてんだからね⁉」

赤くなりつつすっぱりと、だが目を潤ませながら言い切った一夏に、総司は恐ろしくうろたえた。

なにせ甘えん坊の末っ子である、泣き落としには年季が入っている。一夏の涙に弱いらしい、総司の苦り切った顔に少しは溜飲《りゅういん》が下がったが、根本的な問題はなにひとつ解決していない。

「もう、いい！」

「ちょ、かず……！」

そうまで言ってもアクションを起こさない男に本気で腹を立て、もう帰ると背を向ければ、ようやく抱き締められた。

目を閉じて口づけをせがむと、ふんわりと軽い感触に苛立ちが募る。すぐに離れようとする男を恨みがましく見つめれば、苦しげに歪んだ端整な顔立ちがもう一度近づいた。

唇が解けようとするたびにシャツを摑んで髪を指に巻いて、舌の根が痛くなるほどのそれに一夏の腰が砕けそうになって——なのに。

「おまえ、そろそろ遅刻するぞ」

唇が離れるなり、理性の男、上川総司はそう言い切ったのである。

一瞬惚けたあと、一夏は熱に潤んだような瞳を怒りと期待を挫《くじ》かれた絶望感に曇らせた。

そして。

「ばっ……かやろおぉっ！」

高い鼻梁目がけて、手にしていたテキスト入りのバッグを思い切り叩きつけ、暴力的な勢いでドアを閉めると、甲斐性ナシの想い人の部屋を飛びだしたのだった。


「ばかとか言っちゃったよ」

久方ぶりの派手な喧嘩に、一夏はがっくりと肩を落とす。ずいぶんと容赦なく殴りつけてしまったから、もしかしたらあの端整な顔は腫れてしまったかもしれない。自分がやったくせに、そのことにひどく落ちこんでしまう。

本当は、総司が物凄く自分に気を遣ってくれていることはわかっている。

少しでも長くいっしょにいたくて、そうすれば少しでも好きになってもらえる気がして、待たせているという負い目からか、以前にも増してやさしくなった。大事にも、されていると思う。

『ｘｙｌｏｐｈｏｎ』に勤めると言ったときも、迷惑がらずに喜んでもくれた。

それでもまだ物足りないなんて、なんて強欲なんだろう。

「バカは俺だよ、ちくしょ……」

言葉がもらえない分、せめてはっきりした形のつながりをほしがっている自分の浅ましさに、一夏は小さな声でうめいた。じわ、と滲んだ目元を乱暴に拭う。最近ではこんなふうにぐじゅぐじゅとべそをかくことが本当に多くて、それがまた自己嫌悪に拍車をかける。

振り向いてほしくて頑張っているはずの相手に、喧嘩売ってどうする。

「あーあ、もう」

これではまた靴磨きをはじめてしまうと、情けない自分に盛大なため息を洩らして、謝らなくちゃと一夏は呟いた。

今夜も『ｘｙｌｏｐｈｏｎ』でバイトがある。一時間ほどででかけなければならないし、それまでには一春も戻ってくるだろうから、とりあえずこの情けない顔をなんとかしよう、と一夏は立ちあがった。

細い身体で店内をちょこまかと動き回る一夏に、カウンター奥の厨房から顔をだした中谷は相好を崩す。目尻を下げた表情はいつものとおりであるのだが、なぜだか総司の癇《かん》に障った。

「いやあ、やっぱ似合うわ、あの制服」

黒いベストに同色のストレートのパンツ。そこまでは総司と同じだが、フロア店員にはそこにギャルソンエプロンが加味されて、一夏の華奢な腰つきを余計に際立たせる。

九月の末づけで『ｘｙｌｏｐｈｏｎ』のバイトに入り、はじめの二週間は厨房の皿洗いをしていたのだが、中谷の推薦でウエイターとなった一夏は、総司と中谷に続いてこの店の客寄せに一役買っている。

働き者の新人を個人的に気に入っているのと、思わぬ「一夏効果」に、このところの中谷はご満悦の体だ。

「もう、ほんとかわいいわよねえ。……今度ちゃんと撮らせてもらおうかなあ」

にこにこと同意しながら、藤江も称賛の眼差しを一夏に注いでいる。本気の台詞でもあろうが、どうも一夏絡みで顔色の変わる総司の反応が面白くてならないらしい美人フォトグラファーに、無言のままオーダーのグラスを差しだした。

「一夏くんこれ、奥の席ね」

パスタの載ったトレイをかかげ、中谷が声をかけると「はいっ」という明るい笑みで振り向いた。

「よいお返事」

ああんかわいい、と嬉しそうな藤江にも一夏は照れたように会釈する。だが、その視線がすぐ傍らの総司から微妙にずれていることに気づかされ、総司はわずかに肩を落とした。

(まだ怒ってる)

つい十二時間ほどまえ、総司の鼻先をバッグで殴り飛ばした一夏の機嫌はまだ斜めに傾いているようだ。夕刻、店に出勤して顔をあわせるなり「ゴメン」とは言ってきたものの、それからろくに顔をあわせようとはしない。さすがに赤みは引いたものの、なんとなくひりつく鼻を押さえると、パスタを取りにきた一夏がちらりと窺うような視線を投げてきた。

「あ……」

だが、声をかけようとした瞬間にそれは逸らされ、華奢な背中を向けられる。今度は隠しようもなく肩を落とせば、藤江の苦笑混じりの声がした。

「なによう、またケンカ?」

「はあ、まあ……俺が悪いんですが」

奇妙に素直な総司の言葉に、藤江は肩をすくめるなりなにも言わない。中谷は謎めいた顔で笑ったきり、ふらりとフロアのほうへ歩きだす。

この大人ふたりが自分たちの関係をどういうふうに見ているものか考えるのは、少し恐ろしいのであえて無視するようにしている。なにか勘づいているにしても、なにも言われないうちは干渉する気もないのだろうと、総司は一夏に対する気持ちについて、真純のときのように特に頑なに誤魔化す気にはなれなかった。

というより、近ごろではまったくもって一夏以外がどうでもよくなってしまって、他に気を配る余裕がないのである。

あれほど確執を持って拒んでいた実家にも、先日数年ぶりで顔をだした。このまま卒業するまで、家に戻る気はないことを伝えるためにだった。

説得に顔をだしていた真純より、何年も顔もあわせなかった父親がずいぶんと老けこんだ気がして、自分の身勝手さを思い知らされた気がしたものだ。せめてあと一年と少しの間だけでも援助をさせろと呟く声に、ひどく申し訳ない気分になった。

招かれた夕食の席でこれからの自分が描く将来の展望を伝え、ちゃんと顔をだすことを約束した。

開き直ってしまえばなんのこともなく家族と向きあえる。それとも、少しは大人になれたのかもしれないと総司は思った。

相変わらずあまり美味くない真純の手料理に、憧れた母親の姿を見つけて、総司は複雑になりながらも本当に彼女への気持ちが終わったことをあらためて知った。

あの日彼女に言われた言葉を何度も反芻しては、静かに終わったそれがいわゆる初恋であったのだろうかと、少しばかり感傷的にもなった。

そして、今の自分が「本気でほしいもの」の姿は明確になっている。

それだというのに、一夏にはまだそのことを伝えていない。

同じ轍《てつ》を踏みたくないからこそ、早くどうにかしなければと思うのだが、一夏を見るとうまくないのだ。

このところどうにもぎくしゃくしてしまうのは、会話の主導権を取る一夏の口数が減り、その分もの言いたげな瞳でじっと見つめてくることが多くなったせいもある。

もとより口がなめらかなほうとは言いがたいし、ややこしいことになるまえからも、ふたりきりでの会話は一夏が振って総司が受け答えるという形でずっと続けられてきた。彼に黙られてしまうと、どう間を持たせればいいのか、総司にはわからなくなってしまうのだ。

それに、いまさらすぎて我ながら笑ってしまうのだが、一夏のまえだとどうにも近ごろあがってしまうのである。

あがるというか、心搏数が増えるというか、妙に落ち着かないというか——身体中が痛むほどに血が騒ついて、そんな自分に馴染めずに、戸惑ってばかりなのだ。

それでも、もの言いたげな唇を薄く開かれただけで、どうしようもなく心が揺れる。どうにかけじめをつけて言葉にしてやろうと思うのに、うまくいかない。

久方ぶりに覚えた純情に、恥ずかしいやら呆れるやらで、感情に余裕が持てないでいるのだ。

まして一夏を抱き締めるときの陶酔と快感を身をもって知っているだけに、一度そっちに向かえば肝心な手順をすっとばして溺れてしまいそうで。

そうなったらまた泣かせてしまうだろうし、情けないことにそれが恐くて手がだせない。

まあ結局は、こうして怒らせてしまっているわけなのだけれど。

「あら、一夏くんまた逆ナンされてる」

藤江の面白そうな声に顔をあげれば、テーブルの女性客に話しかけられ、困った顔をしている一夏がいた。ひくりと引きつった頬をどうにもできず、総司の顔はまたぞろ剣呑なものを滲ませる。

また、という藤江の言葉どおり、一夏がフロアにでるようになってまだ数日というところだが、コナをかけられた回数はその日数では追いつかないのだ。

女だけならともかく、なかには同性の客もいて、総司の焦る気持ちに拍車をかける。手をこまねいて見ているしかできない自分の横顔をちらりと眺めた一夏は、きゅっと眉を寄せて睨みつけたあと視線を逸らした。

そんなふたりに、フロアの中央にいた中谷は苦笑めいた表情を浮かべ、一夏を呼びつける。

「あー、一夏くん、ちょっといい？」

「はあいっ」

助け船にほっとしたのは総司も同じで、そのあからさまな安堵の表情にカウンターに突っ伏して笑いだした藤江の態度にも、もはや怒る気力も残されていなかった。

店を引けたあと、示しあわせるでもないままなんとなく駅までの道を揃って歩く。うつむいたままのうなじの細さに視線を吸い寄せられるのを、必死で堪える総司の態度はぎこちなく、一夏も気の重くなるようなため息を零してばかりだ。

「……あのな」

「なに」

さすがに気づまりになって声をかければ、そっけない返事に叩き落とされる。弱り切って頭をかき、結局は沈黙した総司に、頭ひとつ下からの視線は拗ねたようなものになる。

「旅行、いつ行く?」

昨夜決めそこねたことをつなぎの言葉のように口にだせば、気乗りのしない声で「いつでもいいよ」と言う。失敗したな、と思いながら、足早になった一夏の少しあとを総司は歩いた。

趣味の釣りを兼ねた旅行は、ずいぶんまえに約束していたこともあるが、なにかひとつきっかけがほしくて総司から言いだしたものだ。

一昔まえのマニュアルデートや少女漫画の世界でもあるまいし、旅行先で告白というのも鼻白むものもあるが、どうにも喉の奥に引っかかったままの言葉はお膳立てを無理にでも整えなければ言えそうにない。

繁華街から抜け、道を逸れて高架下に差しかかるとほとんど人通りはない。駅までには遠回りなこの道を歩くことを、いつの間にかふたりは選んでいる。

それなのに会話もなく、視線すら交わさないままの空気は重くなるばかりだ。

どうしたものかと悩みながら、薄暗がりに淡く浮かぶ白いシャツを纏った華奢な背中を眺めていると、ぴたりと一夏の足が止まった。

「……？　どうした」

近づいて、うなだれたままの顔を覗きこめば、揺れる瞳が総司を捕らえる。切ない瞳に浮かぶ混乱に、総司の胸が苦しくなった。

無言のまま、細い指が総司の鼻先に触れる。唐突な行動に驚いていると、細い声で「痛い？」と訊ねられた。

「いや」

「ごめんね……思い切り殴っちゃって」

謝るのはこっちだと思いながら、総司は無言のまま首を振る。それでもまだ悲しそうな顔で見つめてくる一夏に、またあの落ち着かない衝動がこみあげ、総司は「気にするな」と言いながら目を逸らした。

こんな顔をさせたいわけではないのに。

腑甲斐《ふがい》なさに臍を噛んで、できるだけやさしく声をかける。

めた。

「怒ってないから、行こう」

帰ろうと促せば、広い肩口のシャツを一夏は縋るように握り締めてくる。哀れなほどにこめられた力が一夏の心を物語っているようで、迷いながらもその手の甲をそっとうえから握り締めた。

ぴくりと震えた指先をそこから剝がし、強く引いて胸のなかに抱きこむと、肩をすくませながらおとなしく納まる。

抱き締めた身体がふわりと体温をのぼらせ、総司の長い腕を心地よく満たした。

ごく自然に近づいた唇は、しっくりと嚙みあう。強くなる腕や深くなる口づけは、擦れ違いの多い言葉や態度よりも、よほど正直だと総司は思った。

甘く唇を嚙むと、蕩けそうな舌が小さく覗く。吸いあげると、細い腰を捩りながら総司のシャツを握り締めた。

まだ物慣れない様が胸が躍るほどかわいいと思う。

表情豊かな瞳も、痩せているのに抱き心地のいい身体も、素直できれいな気持ちも愛しい。

触れた唇のぎこちない感触から、不安と怯えを取りのぞいてやりたい。生真面目で真っすぐな瞳に、はじめて会ったころのように生意気なほどの元気さを見せてほしかった。

待たせることにも、待つことにも、互いにプレッシャーを感じている。無効になった決めごとに義理立てして、それが一体なんだというのか。

なんだかその馬鹿馬鹿しさに不意に気づいて、笑いだしたい気分になった。

「……なに？」

知らないうちに本当に笑っていたようで、見あげる一夏が不思議そうな顔をした。その頬に唇で触れて、総司は覚悟を決める。

「旅行、いつでもいいって言ったよな？」

「うん？」

額がつくほどの距離で瞳を覗きこむと、唐突な言葉にきょとんとする。

「じゃあ、そうだな。明後日、行こう」

「へ？」

本当は明日でもいいけれど、なにしろ準備がなにもないから。そう言うと、一夏は混乱した声ででも、と言った。

「え、大学は？　バイトはどうするの？」

「休むよ。おまえも休めよ」

心配げな声にこともなげに言うと、困った顔で首を傾げる。

「都合悪いか？」

「え……どうしてもって言うなら、なんとかなるけど」

「じゃあ、どうしてもだ」

「上川さーん」

困惑顔の一夏もかわいいが、いたずらに不安にさせることもなかろうと、もう一度抱き締めなおして総司は囁いた。

「もう、待たせるのは終わりにするから」

「え?」

静かな声に、手のひらで支える一夏の背中が大きく揺れた。

「それ、って」

「うん。だから、俺と行こう、一夏」

いくつもの気持ちを含ませた言葉に一夏は息を呑んだあと、肩にかかる吐息を熱く震わせた。

そうして、総司の首筋に怖ず怖ずと細い腕が回される。

「明日中に切符とか手配しとく。おまえも準備しておいてくれよ」

「……っ」

声もないまま、一夏は何度も頷いた。

このままずっと抱き締めていたい気もしたが、時刻を考えると終電ぎりぎりである。

もう帰ろう、と促すと、名残惜しげにその腕が解かれた。

指をつないで歩きだすと、一夏は黙って手を引かれている。それから人通りが見えはじめるまで、ふたりはじゃれるようにずっと指先を絡めあっていた。

駅までの道程《みちのり》はまた無言のままだったけれど、もう先ほどまでの息づまるような重い沈黙ではなかった。

路線の同じ電車に乗りこみ、座席は空いていたけれども、並んだまま吊り革に摑まった。振動のついでのように触れあう肩の距離が嬉しいような気分になる。

一足先に降りる総司が人目をはばかるように軽く、手の甲を一夏のそれに触れさせて離れた。

「明日、また」

「うん、……明日」

そう言って軽く手を振り、背を向けた総司の背の高いうしろ姿を見送って、また走りだした電車のなかで、こみあげてくるものを堪えながら一夏は唇を嚙む。

淡い色の唇は勝手に笑みを象るのに、ひどく泣きたくなって困ってしまった。

向かいの座席では酔っ払ったサラリーマンが寝息を立てているのみで、見咎められる心配はなくとも気恥ずかしい。

総司の触れていった手の甲が、まだほんのりとあたたかかった。

その手で赤く潤んだ目元を擦って、好きだなあ、と切なくなった。

幸福な切なさに押しあげられる感情は、一粒だけ眦から転がり落ちる。いつかのように怯えながらそれを隠すのではなく、大事なぬくもりをなくさないようにそっと、手のひらで拭った。

好きだなあ。

もう一度胸のなかで繰り返しながら、明後日の天気や持っていくものや、平日に遊びにでることには少々うるさかろう一春のお小言をどうやってかわそうかと一夏は考える。

微睡《まどろ》むようにそっと目蓋を閉じて、ほっと肩で息をした。電車の振動は心地よく、規則的なリズムは総司の胸で聞こえる鼓動に少し似ている気がした。

＊　＊　＊

家路に向かう電車のなかで、一夏は短い夢を見た。

たくさんの荷物を広げた真んなかに自分が座っていて、どれを選べばいいのか迷っている。困り果てていると一春が現れて、いちばん大事なものだけ持っていけばいいよと言った。

うんと考えて、考えて、自分が手に取ったのは一足の靴だった。選んだ瞬間、散乱していたたくさんの荷物は瞬時に消えていってしまう。

その靴を履いてしまえば結局手にはなにも持たず、また少し迷った一夏に兄のやさしい声が言う。

——もうだいじょうぶ、行っておいで。

とん、と背中を押されて踏みだすと、夏の日に出会った不機嫌な顔の背の高い男が少し離れたところに立っている。

少しずつ歩み寄ると、一夏に気づいて眉間のしわを解いた。

また一歩、きれいな瞳が少し笑った。

──一夏。

なにも持たない腕をのべれば、長い指に強く引かれて抱き締められる。

もう、だいじょうぶ。

その背中に腕を回して、一春の言葉を思いだし、一夏はうん、と頷いた。


明日のために磨いた靴を履いて、とりあえずは歩きだそう。

もうだいじょうぶ。

大事なものは、この手のなかに抱き締めたから。

END

恋の日に雪は降りつむ

師走である。

クリスマスムードにライトアップされた街並には歳末バーゲンの赤札が貼られ、新年に向けての準備に街ゆくひとの姿もなんとなしに忙しい、一年でいちばん賑わしい時節だ。各種の忘年会やクリスマスパーティがあちらこちらで行なわれ、アルコールの消費量がぐっとアップする月でもある。

そんなふうになんとなく浮かれたムードの世間だが、もてなす側にまわる人間には実にめまぐるしく忙しい。

おまけにこの日は十二月二十四日。

俗に恋人たちの日とも呼ばれ、無宗教かつ多宗教な国民性の日本人が、聖者の生誕祭であるという本来の目的と大きく違うところで無礼講を繰り広げる日でもある。

コイビト、というならば、柏瀬一夏と上川総司もできあがってまだ間もないカップルであることは間違いない。

しかし。

この日の一夏と総司はといえば、そんなロマンティックなムードとはほど遠い状態にあった。

世間の例に洩れず、ふたりのアルバイト先である『ｘｙｌｏｐｈｏｎ』でも、十二月を迎えてからこっち、連日引きも切らず客が訪れている。

ピークとなるこの日には店長の中谷は嬉しい悲鳴をあげ、総司も一夏も朝早くから店内を走り回らされていた。

「一夏くん、三番あがり、ドリアとジャーマンサラダっ」

「はあいっ！　七番モスコふたつ追加です！」

厨房チーフの須田《すだ》の声に、一夏は元気よく返事をする。

声音が剣呑にならないように注意しつつも、満席の店内では声が通りにくいため、いきおい大きな声になってしまう。

細い腰にギャルソンエプロンを巻いた一夏がすっかり慣れた所作でテーブルの間を擦り抜けるのを、総司はカクテルを作る手は休めないままちらりと眺めた。

普段はとっつきにくい総司を敬遠してか、カウンターには人気《ひとけ》が少ないのだが、テーブル席が満杯のために、この時期ばかりは止まり木も鈴なりになる。

が、そのカウンター組のほとんどが若い女性である理由は明白だ。小綺麗に着飾ったお嬢様がたに、大義名分のつくこの日を逃さず、総司になんとかアプローチをかけようという目論みがあるのは間違いない。

総司ひとりでは手が回らないため、カウンターのなかに中谷が入っていることも、熱っぽい視線を増大させる結果にしかならず、相変わらずの仏頂面の下で、総司は静かに不機嫌だった。

(うっとおしい)

内心の呟きを表にはださず、伏し目したまま淡々とシェーカーを振る総司に、正面の女性客からうっとりしたようなため息がこぼれても、知ったことではない。

「――モスコ」

「はい」

オーダーの品を取りに来た一夏と、カウンター越しに交わす言葉はたったそれだけだが、グラスをトレイに載せる瞬間絡んだ視線にちょっと照れたように微笑んだ一夏がかわいくて、思わず相好を崩しそうになる。

「総司、カルアよろしく」

しかし、隣にいる中谷が妙に含んだ笑みを見せたことで、どうにか表情を引き締めることには成功した。

夏の終わりに一夏と身体を繋げて、さまざまな紆余《うよ》曲折《きょくせつ》を経て互いの感情にきちんと向きあってから、まだ数カ月と少し。

気持ちのすれ違いや、些細な誤解や言葉の足らなさに、一夏がその印象的な黒い瞳を幾度も曇らせてしまったのは総司にとって未だ思い出と呼ぶには生々しくも苦い記憶だ。

だが、根深く引きずった初恋を断ち切り、人嫌いの節もあった総司に切ないような甘さをもたらす一夏のことを、今では本当に心から大事に思っている。

だからこそというか、総司の思惑としては本来なら、この二十四日には一夏とふたりでゆっくり過ごしたかったのだ。

総司自身はそういう甘ったるいものはあまり得手ではなかったし、ムード作りもどちらかといえば苦手なほうだ。正直、トラウマじみた初恋の相手、真純のことをふっきるためにつきあった幾人かの女性たちにはそういったサービスをしたことはないし、しようとも思わなかった。ねだられても気のない返事でそっけなくあしらうのが関の山で、薄情な男だったと思う。

けれど、一夏はそういうお祭りごとは案外好きなほうだったし、互いの誕生日は、ふたりがそうなるまえに過ぎてしまったから、恋人同士のイベントとしては、このクリスマスがはじめてになるわけだ。

一夏は総司がイベントものを苦手だと知っているから、ことさらクリスマスのことを意識した発言はしてこなかったが、総司にしてみれば彼の楽しげな顔を見るためだったら苦手な雰囲気作りもやぶさかでないのだ。

意地を張って顔もださなかった実家とも国交復活を果たしたいま、自力で賄っていた生活費をひねりだす苦労もなくなり、総司の懐はこのところずいぶんとあたたかかった。

プレゼントなども用意してみたし、一応はどこかに食事にでも行こうかなどと考えていたわけだが、総司の読みはここにきて大きく外れた。

本来なら店休日である週の半ばにぶちあたったクリスマスイブの日に、商売熱心な中谷が休日の振り替えを決めたのは致し方ないことだろう。

そしてこの『ｘｙｌｏｐｈｏｎ』での名物といえば無愛想でハンサムなバーテンダーとこれまた美形の店長、そして秋口に現われた、ニューフェイスのウエイターだ。

かき入れどきに、その売りの三本柱のふたつをやすやすと手放すほど、中谷店長は甘くなかった。

この夏のごたごたで早退や休みが多かった総司は、その際の出勤態度を責められるとぐうの音もでない。

おまけに先ごろ、一夏との仲がいまいち煮え切らない状態を打破するため、彼を誘って一泊旅行にでかけようと思い立ったはいいが、突発休をふたり揃って取ってしまい、中谷に大きな借りを作ってしまったのだ。

まあ、無事その旅行中に一夏の待ち続けた答えを言葉ごと心ごと与えてやることもでき、釣果はともかくそちらの首尾は上々だったのだが、この時期になって大きなツケがまわってきてしまった。

ばっちり入れられたシフト表の赤丸は、一夏、総司ともに二十四、二十五日のオール。朝から晩までの時間拘束には特別手当もでるとはいえ、この状況を喜べる人間は普通いないだろう。

——ま、ふたりともカノジョいないんだし、いいよねえ？

渋面を浮かべた総司にしゃあしゃあと言ってのけた彼を恨みがましい視線でねめつけても、

面の皮の厚い店長はどこ吹く風だった。

「ジンフィズお願いしまーす」

軽やかな声でオーダーを叫んだ一夏は、せっかくのクリスマスがバイトで潰れることを「仕方ないじゃん」と笑ってくれたものの、あての外れた総司のほうは少々不満だった。

けれど総司がせっかくなのに、と吐息混じりに呟くと。

——でも、一日中いっしょだから。

それだけで嬉しいと、小さな声で宥めるように一夏は言った。

もとより彼がこの店でバイトすることに決めたのも、総司と過ごす時間を少しでも多くしたかったからなのだ。

そんな嬉しがらせを言っておきながら、迷惑じゃないよね、と怖ず怖ずと問いかけてきたときには、なんだかもうやられた、という気分になった。

いじらしい言葉に胸がつまって、きつい抱擁をほどこせば、苦しいと言いながら幸せそうに笑ってみせる。

そのまま小さな唇を吸いあげれば、喉声を洩らして目を伏せた。

抱きあった回数も数え切れなくなった近ごろ、もとからの溌剌としたかわいらしさに加え、なんとも言えないような、ほのかな色っぽさを滲ませるようになった一夏に、溺れている自分を総司は重々知っている。

それこそ中谷や、常連客の藤江にからかわれても、反論できないのはそのせいなのだ。

「フィズ。それと、こっちブラッディ、奥の」

顔を見ればまたにやけてしまいそうなので、手元から視線をあげないままグラスを並べる。

「……?」

うつむいたままの総司に一夏が不思議そうな顔をするが、いまさら顔をあげることもできない。

それでもやはり中谷が笑うので、カウンターのなか、人目に見えない場所で、彼の長い脚を軽く蹴ってみせるのが、総司にできる精一杯の抵抗だった。

＊　＊　＊

慌ただしい一日もようやく終わり、遅番の面子に引き継いで、一夏と総司はどうにか十時には店をあとにすることができた。

「疲れたねー……」

華奢なわりにはタフな一夏も、さすがに億劫そうに呟いた。帰り道を並んで歩く足取りも、心なしか怠《だる》そうだ。

「走り回ってたからな。お疲れ」

フロア店員は体力勝負だ。若いとはいえ、ないに等しい休憩を挟んで、十二時間以上立ちっぱなし動きっぱなしでは疲れないわけもない。バーテンの総司よりも疲労度が高いのは、白い頬にさす影に現われている。

「ハラ減ってないか？」

「んー？　……どうかな、よくわかんない。空いてるような気もするけど」

生返事の一夏は、疲れすぎて空腹もわからなくなっているのだろう。

ふう、と白く凝《こご》る息を吐きだした一夏の横顔を眺め、今日は家に帰したほうがいいだろうかと総司は思った。

いっしょにいたいのは山々だが、ふたりには明日もバイトが入っている。電車を使えば一夏の自宅より総司のアパートのほうが近いのだが、やはり自分の家のほうがくつろげるだろうと総司は判断した。

「じゃ、駅前で軽く食っていこう。そのあと、なんなら送ってってやるから」

「――え？」

しかし、総司の提案に、一夏は驚いたような顔をした。

「え、って……疲れてるんだろ？　早く寝たほうがいいし」

そして、そう続けた総司の言葉に、あからさまに眉根を寄せる。不機嫌というよりどこか哀しげな目をして、じっと見あげてくる一夏に総司は焦った。

「え、と……」

困ってしまってその瞳を見返せば、細い首に巻いたチェックのマフラーに顎を埋めるようにうつむいて、一夏はぽつんと言った。

「わかった。帰る」

その一言で、彼が本当は帰りたくなどないことを知らされ、総司はどきりとする。

拗ねた一夏の横顔はどうにもかわいくて、フォローの言葉を入れるよりも見惚れてしまった総司に、ぷっと唇を尖らせた一夏が軽く睨んでくる。

「なに？」

寒さに、一夏の普段は白い頬が紅潮している。彼の着ているグレーのダッフルコートは少し大きくて、なんだか本当に子どものようだ。

「なんだよぉ」

微笑ましいようなビジュアルについ笑いを洩らすと、ますます彼は膨れてしまった。恨みがましい顔で睨まれているのに、ちっとも腹が立たない。

「いいのか？」

「なにが」

喉奥で笑って呟けば、小さめの拳が本気でなく腹の辺りを殴ってくる。その手を摑んで引き寄せると、抵抗もせずにすんなりと腕のなかに一夏は納まった。

「俺の部屋に来たら、休めないけど?」

声をひそめて、冷たくなった耳朶に触れる距離で囁くと、胸に額をつけた一夏は無言で赤くなる。

一応、彼もそのつもりでいたわけだと淡い色の頬を見つめて悟り、遠慮を捨ててしっかりと細い腰を抱き締めた。

「プレゼント、あるんだよな、実は」

「え……」

意外そうに見あげてきた表情に満足して、素早く辺りを見回したあと、額に軽く口づける。

「取りにおいで、一夏」

意外にすんなりとでてきた誘う言葉は、一夏のお気に召したようだ。

「うん……」

嬉しそうに微笑んで頷き、そっと首を傾ける。

冷たい唇は、そのまま総司の唇を受けとめ、やわらかに綻んだ。

＊　＊　＊

帰りつくころにはすっかり身体は冷えきっていて、とにかく暖を取ろうと風呂に交替で入る。

その間に部屋もあたたまり、人心地ついたところで、これ、と差しだした包みを受け取った一夏は、ありがとうときれいに笑った。

開けていいかと言われ頷けば、いそいそとベルベットの濃いブルーのリボンをほどき、一夏は小さく声をあげた。

「あ……」

クリスマス用のラッピングがほどこされた包みの中身はセーターで、外国製のものだった。さすがに一〇〇パーセントの天然素材とはいかなかったが、高地に住む希少な動物の毛を集めて編まれたそのセーターは薄手で、保温性に優れている。

「これなら軽いし、あったかいだろ」

総司の言葉に、一夏は一瞬目を丸くしたあと、照れたようにうつむいて小さく笑った。

肉の薄い一夏はけっこうな寒がりで、防寒具は手放せない。総司のアパートは壁が薄く、暖房を入れていても冷えこむため、一夏はパジャマのうえに愛用のセーターを着こんでいた。そのセーターはたしかにあたたかいのだが、かさばるし重いため着ているると疲れると言っていたことがあった。

他愛もない会話を覚えていたことが擽《くすぐ》ったかったのか、形のいい耳が薄赤くなっている。

「なんか、高そう……いいの？」

キャラメル色のセーターを胸にあて、ちらりと上目遣いの一夏が言った言葉に総司は笑った。

「いいよ、気にするな。気に入らない？」

「そんなことない、すごい……嬉しい」

総司の言葉にはにかみながら、もう一度ありがとうと頭を下げてみせた一夏は、実はね、と言った。

「俺もあるんだけど……」

「え、そうなのか？」

「うん、一応……こんなのでごめん」

バッグから取りだしたのは、細長く四角い、酒瓶とおぼしき包みだった。

「なんかいろいろ考えたんだけど、そんなのしか思いつかなくて……」

気が利かなくてと恐縮する彼に「上等」と笑みかけ、包みをほどいてみれば、予想以上に高級そうな化粧箱が現われる。あまりに有名な銘柄に、総司は目を丸くした。

「おい……これ、ドンペリ？」

「へへ、春ちゃんにまけてもらっちゃった」

ひゅう、と総司が口笛を鳴らすと、たまには日本酒以外がいいかと思ったのだと言う。

「クリスマスだし？」

「そうそう。やっぱね」

目を見交わしながら笑って、じゃあさっそく戴こうかということになった。

せっかくなので、と近所のコンビニにツマミを買いだしにいく。近ごろではコンビニでも外国産のチーズやわりにいける生ハムなども置いてあるので重宝だ。

残念なのは総司の手元にはワイングラスなどないので、そっけないガラスコップで乾杯ということになってしまったが、美酒の味が損なわれるわけでもない。

「わ……美味しい！」

「そりゃそうだろう」

下戸の一夏もせっかくだからと口をつけてみると、感嘆の声をあげる。素直な感想を述べる一夏に、総司は苦笑した。

酒屋の息子のくせに彼はまったくアルコールのたぐいが駄目で、ビールをコップに半分も呑めばしっかりとできあがってしまうのだ。特に強い酒になると、特有のアルコール臭も苦手らしく匂いだけで顔をしかめてしまうほどだ。

「もちょっともらっていい？」

だが、黄金色の発泡酒の甘い香りと舌触りは、いたくお気に召したようだった。グラスにほんのちょっぴり注がれたそれをこくこくと喉を鳴らして呑み干したあと、めずらしいことを言いだした。

「いいよ、遠慮しないで」

ほら、と口を向ければ、照れたように笑ってグラスを傾けてくる。

これで少しは酒の味を覚えてくれれば、いっしょに呑む楽しみもできるかもしれないな、などと少々オヤジくさい感想を覚えた総司は、細い指に握られたグラスにゆっくりとときめ細かな泡の弾ける酒を注いでやった。

それが、少しばかりまずかった。

アルコールに耐性のある人間の常として、他人のペースが摑めないのは致し方ないことだろうか。

自他共に認める酒豪の総司にとって、シャンパンなど酒の域には入らない。おまけに普段から、一夏のいるときにひとりで酒杯を干すことが多いものだから、総司はまったく自分のピッチで呑み続けていた。

「――おい、一夏!?」

そして、なにげなく会話を続け、なにげなく一夏の顔を見つめたとき、その頰が尋常でなく赤いことにようやく気づいてぎょっとなる。

「んー？」

生返事をする一夏のグラスはすでに空になっていた。

「んー、て、……おまえ、真っ赤だぞ」

そんなに呑ませたかと思い返したが、一夏のグラスに酌をしてやったのは最初の二度きりで、総司は改めて彼がいかにアルコールに弱いのかを痛感する。

「まいったな……だいじょうぶか?」

考えてみれば、チューハイを一気呑みして気を失ったこともあるのだ。いくら口当たりがいいとはいえ、もう少し気をつけて呑めと言ってやるべきだった。

「え、だいじょうぶだよ?　なんで、そんなに赤い?」

意識ははっきりしているようだが、どことなく視線が虚ろな一夏がぼんやりと問い返してくる。そして、自分の手元に視線を落としたあと、白いセーターから覗く指先が爪先まで赤いことに、自分でも驚いたようだった。

「うあー、なんかすげえ」

「だろ?」

「暖房ききすぎてんのかと思ってたんだよね、実は」

さっきから顔が熱くて、と笑った一夏の頼りない表情に、これはいかんと総司は判断する。彼自身が思うよりも、相当回っているようだった。

「おい、ちょっと横に」

「熱いなあ……脱いでもいい?」

いいさした言葉を聞いていなかったのか、どこかぼんやりした声で一夏が言った。酔っ払いは仕方ないかと吐息して、「スキにしろ」と総司は呟いたのだが。

「ちょ……っ、一夏っ!」

もそもそと一夏が脱衣をはじめたのは厚手のセーターではなく、パジャマのズボンのほうだった。

焦って腰を浮かせた総司の声など聞いてはおらず、すぽん、とそれを脱ぎ捨てた一夏は細い脚を投げだして壁にもたれかかる。

「わー、脚もまっかー」

なにがおかしいのかけたけたと笑いだした一夏に、総司は唖然とする。ついで、その恐ろしく目の毒な状況をまえに、どうしたものかと困り果てた。

セーターから覗くなめらかで真っすぐな素足は、ほとんど体毛らしきものがない。それが酒に染まって、真っ白なセーターとのコントラストが鮮やかなほどに、ピンク色なのだ。

あんたそんなエッチなグラビアみたいな。

(……それはないだろう)

総司は胸のなかでひとりごちる。

なんとも刺激的な格好で恋人のまえに脚をさらして見せるが、それも誘うつもりなど全然ないままの無邪気な行動なのである。

一応期待はしていたものの、酔っ払い相手に無体を働くわけにもいかないし、これはもう健全に寝るしかないと、総司は肩を落とす。

しかし一瞬目にしてしまったピンクの脚の残像に苛まれる身には、よからぬ衝動をどこまで抑え切れるものかわからない。

ましてや、自分の自制心などという当てにならないものには頼れないことを知っている総司には、はなはだ自信はなかった。

「も……もう、寝よう、一夏」

目を逸らしたままテーブルごと部屋の脇に寄せ、押し入れから布団を引っ張りだす。狭いこの部屋にはひと組しか布団がなく、当然ふたりしてコレに包まるしかないわけだが、この状態の一夏を抱えて眠るとなると、今夜の総司には少々つらいものがある。

つきあいはじめてからというもの、セックスの回数はわりにコンスタントにこなしているため、そうそう飢えた状態とは言わないのだが、やはり枯れるにはまだ早い。

「一夏、ズボン穿け」

内心の情けなさを圧し殺して、脱ぎ捨てられたパジャマ片手にそう言えば、ぼんやりと壁にもたれた一夏は動く気配もない。

（だめだ、こりゃ）

仕方なく無理にでも穿かせようと目の毒な脚の持ち主に近寄った。目線を微妙に逸らしたままの総司が脚に触れると、ぼうっと中空にさまよっていた視線は一瞬揺れ、総司の顔のうえに止まる。

「冷たい」

「あ？」

「手、氷みたい」

体格のわりに、女の子のようで情けないことだが、総司は末端冷え性の気がある。ヘビースモーカーでもあるので、指先などは特に血の巡りが悪く、夏場でも冷たいほどだ。

「あ、すまん」

剝きだしの火照った脚には不快だったのだろうと謝れば、ふるふると一夏は首を振り――。

「――か、ずなッ⁉」

なんと、その手を自分の太股の間に挟みこんできた。

「ど……な……」

ぱくぱくと口を開閉させたまま固まる総司に、一夏はひどくやさしげな声で言った。

「あったかいしょ？　ちっさいころ、足とか冷たくて寝れないと春ちゃんにこーやってもらったんだー」

一夏の兄である一春氏はほとんど親代わりであったというから、小さいころの添い寝の際にあったであろうスキンシップは実に微笑ましかったことだろう。

確かに、意識しないままに冷えきっている指先を甘い体温に包みこまれるのはあたたかいし心地いい。

だがしかしちょっとこれは。

まじめに辛抱たまらんだろうこれは。

「ね？　もう冷たくない」

あまりの事態に硬直したままだった総司はぴったりと閉じられた脚の間から取りだされた自分の手を、一夏が大事そうに包みこみ滑らかな頬へ触れさせるのをぼんやりと見ていた。

「おまえホントはわかってやってんじゃなかろうな……」

相手は酔っ払いと百万回唱えようとも、この甘ったるい肌の感触に勝てるものなら、最初から我慢なんかしていない。

明日のことなぞもう知るか。

「寝られなくても、知らねえからな……」

凶悪な声で呟くと、警戒心ゼロの恋人の唇に距離をつめる。

あと少しで吐息が触れようとしたそのとき、一夏はふと悪戯っぽい笑みを浮かべてみせた。

「あのねえ、今日ねえ、ドンペリ春ちゃんにだしてもらってたときね？」

どことなく間延びしたあどけない声音で話しだす一夏に苛立ちながら「なに」と余裕のないまま総司は問い返した。

そして、続けられた言葉に今度こそ目をむいて絶句する。

「『上川さんにプレゼントあげるんだったら、なっちゃんにリボンつけとけばいいんじゃないの』とか言ったんだよねー」

あははは、と実に楽しげに一夏は大笑いした。

一方、笑い事ではない総司は背中に嫌な汗が流れるのを感じて身震いする。

「あの……お……」

「うん？」

引きつった総司に、酔っ払いはかわいらしく小首を傾げた。

「お兄さん……知ってる……のか？」

「うん」

恐る恐るの質問は実にあっさりと肯定される。『xylophon』に訪れたこともある実に穏やかな双眸の柏瀬家長男の顔を思いだし、総司はものすさまじいいたたまれなさに襲われる。

弟と仲よくしてやってくださいね、とまるで小学生の保護者のようなことを言われたときには苦笑したものの、意味を知った今となってはなんという深い発言であったのかと頭が痛くなってきた。

背中にオドロ線をしょった総司にはかまわず、へらへらと笑った一夏は、先程ほどいたラッピングのリボンを拾いあげる。

「……結ぶ？」

そして細い首に、ブルーのベルベットリボンを巻きつけてにっこりと笑う。

完全なる敗北を宣言された総司は、ぎりぎりと奥の歯を食いしばり、うなるような声を発した。

「こ、の……っ」

無自覚の酔っ払いの小悪魔が！

胸中の叫びはしかし言葉にならず、強引に口づけた熱っぽい唇に溶けていく。

薄紅色に染まったままの脚を掴んで、まるで引きずるように布団に押し倒して。

「わっ……!?」

急な展開に一夏は驚いた声をだしたが、セーターをまくりあげる総司の指を咎めるようなことはしなかった。

＊　＊　＊

指がやはり冷たいと言いながら、服を脱がされる一夏はしばらくくすくすと笑い続けていた。

状況がわかっていないのじゃなかろうかと危ぶんだ総司だったが、擦りあわされる唇が溶けるように甘く総司の舌を受け入れ、細い指が総司の服をはだけていくことで、ようやく行為そのものに集中しはじめる。

「ん……ん、……っ」

口づけたまま一夏の衣服をすべて剝いでしまうと、全身がほのかに色づいていた。くっきりと骨の浮きだした鎖骨に、華奢なラインの肩。脂肪の少ない身体は女性のそれよりもよほど繊細なラインを描くのに、あばらが浮くほど貧弱なわけではない。乳白色の皮膚に包まれた、引き締まって柔軟な筋肉は上質で、ちからを抜けばどこまでもやわらかく総司の指を受けとめることを知っている。

取りこんだアルコールに、なだらかなラインの胸元さえ淡く、水蜜桃《すいみつとう》を思わせる色合に染まる。普段の数倍は艶めいた眺めに、思わず総司の喉は浅ましく鳴ってしまった。

潤む唇のなかに一夏の舌を引きずりこんで絡めあわせると、剝きだしの肩が期待に震えている。

「上川さん……」

長い口づけに潤んだ瞳で見あげられ、誘われるままに薄い胸にキスを落とした。まだやわらかい胸の先を軽く吸うと、一夏の表情から笑いが消える。

もともと感じやすいようだったけれど、はじめて抱いたころに比べると、一夏は相当に敏感になったと思う。

肩口に口づけただけでも甘い声を洩らすし、キスだけで身体の奥が疼いていると教えるように濡れた瞳で覗きこんでくる。

「あ、……んっ」

交互に舌でくすぐり、濡れたそれが指の腹を押し返すようにつんと張りつめてくるのが心地いい。

ものいいたげに開いた唇を深く奪いながら両方を同時に軽く抓《つね》ると、細い腰がひくりと蠢いた。

「あ、やっ……やだ……」

特に胸は弱くて、そこだけしつこくしていると泣きながらせがむように腰を振りはじめるのだ。

「だめ……そこ、弱い……」

案の定細い腰を艶めかしく捩る一夏は、酔いのせいか、崩れるのも哀願の言葉を吐くのもずいぶんと早い。

「やぁ、ん……!」

先程総司の指をあたためたやわらかな腿は、総司のかたい脚を挟みこんで震えていた。その中心にある部分が微妙な蠢きによって擦れ、刺激されるたび、一夏は切ない声をあげた。早くもそこが湿った感触を帯びていることに、総司は片頬で笑ってみせる。

「笑うなっ……」

「悪い悪い」

気づいた一夏が顔をしかめてみせるが、誠意のない声で謝って唇を与えればすぐに機嫌を直した。

　肉の薄い胸を手のひらでまさぐるようにしながら、堪え性のない下肢へ手を伸ばすと、ひくんと息を呑んで背中を弓なりに反らせる。

「もう、キツそうだな」

　濡れて熱くなったそれに指を絡ませて軽く揺らすと、色づいた目元で斜めに睨まれた。

「ばかぁ……っ、あっ、ぁん、あっあっ！」

　性急に急き立《せ》てるようにすると、言葉では詰りながらも開かれる脚。言葉ほどには余裕のない総司は、手のなかにしたものに自分の硬く猛ったものを擦りあわせた。

「あァ……ッ！」

　悲鳴じみた声をあげて、一夏が縋りついてくる。いつもならば恥じらって嫌がる愛撫も貪欲に受けとめる一夏は、アルコールのせいでかなりたがが外れているらしい。

「だめ、あっ……！　それ、やめて……っ」

「よくない？」

　逃げる素振りもなく濡れていくくせに口先の拒否をする一夏を、我ながら嫌になるようないやらしい声でからかった総司に、欲情を必死で堪える瞳が訴える。

「いいからだめぇ……」

　もう限界が来てしまう、と震える薄い胸に、もう一度唇で触れる。歯を食いしばった一夏の小さな顔が左右に激しく振られるのを見ながら、絡まった下肢をずらしていく。

健康で、真っすぐで、陽の光が誰より似合う一夏なのに、こんなふうに吐息の絡む夜のあわいに素肌をさらす彼は、総司の目には誰より淫靡《いんび》で官能的に映る。

見つめているだけで、どうにかなってしまいそうだと総司は無意識に口元を歪めた。

猥褻な匂いの強い表情を見つけた一夏が、獣のような総司の薄い瞳を見つめてふるふると震える。

「あ……やだっ……！」

するすると滑りおりていく総司の唇がどこに行こうとしているのか悟ったらしく、ままならない身体で一夏は拒む。哀れな声音を聞き入れない総司は閉じようとする脚を身体で割り開いたまま、震えながら濡れそぼったものに軽くキスをした。

「ひゃっ……！　い、やだ、やだったらっ」

脚をばたつかせる一夏を「おとなしくしとけ」と軽く睨んで、細い腰の中心に頭を埋めた。

「あ……ウ——‼」

一夏が正気のときはこの倍は抵抗されるが、今日は観念したような表情でがくりと崩れ落ちるばかりだ。ぬるついたそれを口腔であやしてやると、啜《すす》り泣くような声が聞こえる。

含んだそれは、総司の口のなかで切なそうに震えた。

「やめて……それ、しないでってばっ！」

離して、と本当に泣きだした一夏の言葉を聞こえないふりで吸いあげて、やわらかな腰の丸みを揉みこむように撫でた。

「は……ずかしい、よぉ……！」

しかし悲壮な声の呟きに、このまま追いあげるとますます嫌がるだろうと判断した総司は、口のなかを満たしていた熱に軽く口づけると顔をあげる。

「なんで、それ、すんの……？　やだって言ってんのに、いっつも……」

体感によってというよりも羞恥に顔を歪ませて泣く一夏の額にキスを落とす。

これ以上の刺激は少しつらそうだったので、下肢から指を離し、やわらかく抱擁してやると、一夏は甘ったれた仕草で胸板に額を擦りつけた。

「なんでって……」

問われて思わず苦笑してしまう。

もともとゲイの性質があったわけでもない総司には、特にコレに対してのこだわりはない。うしろに総司を受け入れさせることに対して、慣れたとはいえ負担がないわけでもないから、なんとなく罪滅ぼしのような気持ちがあるのも否めない。

だがなにより、細い身体が示すとおりにまだ性的には未熟な部分のある一夏がひどく乱れるのが見たくて、つい熱心に愛撫をほどこしてしまうのが本当のところだ。

「――嫌いか？　あれ。大抵のヤツは好きだって言うけど」

まともに答えてやれる内容でもないので、そんなふうに茶化した総司に、一夏は恨みがましい目線を向けたあと、言った。

「じゃあ、上川さんも、スキなの？」

言外に、誰にしてもらったんだという責めを含んで、上目遣いに睨んでくる。まずったな、と思い一般論だと言い訳をしようとした総司が焦りながら言葉を探している間に、一夏はひとりでなにかを考えこんでいた。

「あの……一夏？」

唇を尖らせた一夏は、じいっと総司の顔を見つめるなり、言った。

「俺も、する」

脳に届いた言葉が意味をなさないまま、総司は間抜けな声をだした。

「は？」

一夏はいま、なんて言った？

「起きて」

はい、と覆い被さっていた胸を押し退けられ、虚を突かれたままの総司は言うなりに起きあがってしまう。

そして、決心したように息を呑んだ一夏の指が自分のソレに伸ばされ、総司はようやく事態を理解した。

「ちょっ……ちょっと待て、一夏！」

「なに」

なにってあんた。

じろっとねめつけてくる一夏の表情は真剣で、「邪魔するな」と物語っている。

（まじかよ）

今夜は天中殺か、それとも今世紀最後のラッキーかを計りかねた総司は、茫然としながらそれでも長い脚の間に小さな顔を近づける一夏の指が緊張したように震えているのに気づいた。

「無理するなよ？」

強く拒んでも怒るだけだろうから、苦笑混じりにそう告げるしかない。

なにより、あの小さな唇を汚すという、罪悪感をともなった快美な想像には勝てそうになかった。

「じっと……しててね。へただと思うけど……」

やさしく髪を撫でてやると、少しは正気づいたのか消え入りそうな声でそう言った。怖じながらそれでも一夏にもやめる気はないらしく、またはじめて自分からほどこそうとする愛撫に彼もたしかに興奮しているようだった。

「……ウ」

怖ず怖ずと先端をくわえられ、総司の背中が強ばる。生あたたかい感触と同時に、軽く歯があたるのがわかった。

「っ……」

ぞくりとするものが背中を走って、喉声が洩れる。無意識に、一夏の髪を巻いた指が強くなった。

「ん……ふ、」

上目遣いに総司をうかがった一夏が、物慣れない様子でゆっくりと舌を使いはじめる。

淡い色の唇を精一杯に開き、総司のやりかたを真似るように頭を上下させる。それはぎこち
なく拙い愛撫だったが、視覚からの刺激で充分すぎるほどだった。

「くっ……んっ」

荒ぐ吐息とともに量感を増した総司に、一夏が苦しそうな声をだした。

もうやめとけ、と言うのだが、唇に挟んだものを離そうとしない。うっすらとその瞳には涙
が滲んで、総司の罪悪感をさらに煽った。

「ばか、意地になんなくていいって……ほら、苦しいだろ」

やや強引に顔をあげさせると、案の定小さく咳きこんだ。濡れた唇を指で拭ってやったあと、
ついばむようにキスをする。

「ごめん、へたで……」

しゅん、とうなだれて言う一夏に愛しさが募って、もう一度ほどこした口づけは意識しない

まま深くなる。

「よくなかった?」

「そんなことない」

うそだ、と拗ねた顔をした一夏に、どうしようもなく相好が崩れる。

「ほんとに。見てるだけで凄かったから」

気恥ずかしい心情を打ち明けても、一夏は半信半疑の様子だったが、やがてふっと息をつくと、まあいいや、と呟いた。

「次は、もう少しうまくするね?」

そう言って総司の頬に唇を寄せてくる。

とんでもないことをさらりと言ってくれる一夏に骨抜きになる自分を情けなくも愛しく感じながら、総司は膝に抱くようにした細い脚の狭間に指を滑らせた。

「……あっ」

半端に反らされたままの熱に絡んだ指に、一夏は過剰なほど肩を跳ねあげる。そのまま脚を開かせ、奥まった部分へと進む指先を許すように、喉声をあげてしがみついてきた。

乾いたそこを潤すための液体を探すのは、狭い部屋のなかではわけもない。総司の長い腕は軽い動作で小振りの容器を取りあげ、中身を手のひらにあける。

準備をする一連の動作を見るのが恥ずかしいらしく、一夏は肩に顔を埋めたまま動かない。

「腰あげて……ちから、抜いとけ」

いたわるような声で囁くと、小さく頷いて総司の首に巻きつけた腕を強くする。

「はあ……」

濡れた指で狭間を探ると、肩で息をして呼吸を逃がした。横抱きに座らされたままの体勢のせいか、いつもより圧迫感の強いそこを焦らないように解していく。

「んん……っ」

息の吐きかたや呼応してやわらかくなる身体に忍ばせる指、それらのぎこちなさがようやくなくなったのは最近で。

慣れとともに、また違う顔を見つけながらお互いを暴くようなこの行為に、身体の快感とは違う意味での充足がある。

ぬめるそこに、なめらかに指が飲みこまれるようになって、もう一本を増やすと、堪えるようにつめられていた一夏の吐息が甘く蕩けはじめる。

「あっ……イ……っ」

はじめてのときからも快感を覚えていたこの場所は、今では本来の男としての性器よりも一夏の感じるポイントになっている。けれど、急いては結局苦痛を味わわせる結果になりかねないことを熟知している総司は、いつでも慎重だった。

「ね……」

「ん？」

しがみついていた一夏が、腰を抱いている総司の手を取り、自分の胸のうえで握り締めてくる。ゆるく身体の奥を探られるだけではもどかしくなっているのだと、けぶるように揺らぐ瞳が訴えていた。

無言のまま激しく舌を絡ませ、握られた指を解くと激しい鼓動を刻む肌のうえを強く嬲った。

「んぁ……っ」

かぶりを振った一夏が口づけを解き、唾液が糸を引いた一瞬あとには手繰《たぐ》るようにまたキスを求めてきた。

「うん……っ、ふぅ……っ！」

小さな舌が総司の薄い唇の間を何度もなぞり、探るように忍ばされてくる。吸いあげてやると、細い腰をよじって身悶えながら、首筋に絡めた腕を強くした。

「は、あ……ん、んんっ」

意識が朦朧としてくると、一夏はかなり大胆になる。総司のまえだということを失念したかのように自らのセックスに指を伸ばし、甘い声をあげながらこねるようにいじりはじめた。淫らな光景に乾いた喉を嚥下《えんか》させた総司の表情も、余裕のない険しいものになっている。

「なに、してんだよ……」

「あ……っ、ひぁっ」

耳朶を嚙みながら身体の奥にいる指を曲げると、苦しげに眉根を寄せて背を仰け反らせた。

「だっ……もう……もう……っ」

勢いのまま背中からシーツに倒れこんだ一夏に、ゆったりと総司は覆い被さる。その間にも、艶めかしい蠕動《ぜんどう》を繰り返す最奥《さいおう》への愛撫の手は止まることはなかった。

「お、ねがっ……、きて、も……！」

自分のそれにいたずらする両手をひとまとめに摑んでシーツに縫いつけると、赤く腫れた唇をわななかせた一夏が訴えた。淫らにうねる腰は総司の身体を挟みつけ、擦り寄るようにしてねだってくる。

充分にやわらいだことをもう一度確かめ、膝頭に手をかけた総司に、自由になった細い腕が縋りついてくる。

「んう――……っ」

狭い肉壁を拓く瞬間、痛みではなく強すぎる感覚に一夏は怯えて腰を引く。許さずに手繰り寄せ、一息に沈みこんだ瞬間締めつけられ、腰の蕩けそうな感覚を歯を食いしばって耐えた。

痛いほどの感触にふと、ゴムをつけ忘れたことに気づいたが、いまさら引き返せるわけもない。

「ごめん……気をつけるから……」

「あ……なに、……っ」

互いに焦れていたせいで、動きはすぐに激しくなる。総司の無意味な気遣いの言葉も、一夏にはろくに聞こえていないようだった。

「つけんの、っ……忘れた……」

「あ、いい、いい……っ！」

激しく突かれて揺らされる一夏は忙しない喘ぎの合間に言った。なにがいいのかはなはだ怪しい返事に、総司は苦笑する。

だが、しゃくりあげるような声で「ないほうがいい」と大胆なことを言った一夏に、少し驚いた。

「汚れるぞ？」

「よごれ、な……っ、あ、ウ……っ！」

切れ切れに呟きながら、背中に手のひらを這わせた一夏は唇を求めてくる。

「わかるんだも……上川さ……が」

ダイレクトに総司が到達する瞬間がわかるから、薄いゴムの皮膜などないほうがいいと、一夏は言った。

「一夏……」

たどたどしい淫らな言葉に、総司の脳が焼けつくように熱くなる。

「ッ――……‼」

いきおい激しさを増した腰の動きに、一夏は声もないまま仰け反り、間欠的に痙攣しはじめる白い腹部を眼下にさらした。

「すき……それ、……っ」

感じる部分を抉りながら腰を回すと、両膝を立てて腰を浮きあがらせた一夏が貪欲に総司を飲みこもうとする。

引きずりこまれそうな卑猥な動きに負けそうになりながら、甘ったるい言葉をいくつか耳元に囁いた。

アルコールよりも総司に酔わされ、いっそう血の色を透かす肌に、鬱血の痕が残るほどきつく口づけると、短く叫んだ一夏がきつく締めつけてくる。

律動のリズムに、濡れた内壁は淫らな音を響かせる。まつわるようにやわらかく総司に絡む一夏の内部は、吸いこむような動きでざわざわと蠢いた。

「いくとき……言えよ」

到達するときにあまり言葉で報せない一夏にそう促すと、小さくかぶりを振る。あからさまなその台詞は、ＡＶのようで嫌いだと言うのだ。

「言えって……」

「やっ……や……」

意地悪く焦らす動きに変えると、詰るような声をだしたあと唇を噛んだ。

「言いな、一夏」

ゆるく腰を回すと、しなやかな脚を絡ませてもっととせがまれる。哀願を無視して、浅い呼吸を繰り返す唇を指でなぞった。

「だめ……！」

「だめじゃ、……なくてさ」

焦れた一夏の淫蕩な表情と激しくなる蠕動に息をつまらせながら、言葉遊びのような駆け引きを仕かける総司に、泣き濡れた瞳がひどいと告げる。

だが、散々に煽られた気分でいる総司は、普段よりもかなりしつこく意地が悪かった。

「もっ……あ、イ……」

「イク？　……なあ？　一夏」

観念したように目を閉じた一夏は、揺さぶられる振動にうまく噛みあわない唇を、必死でつぃばみながら、消え入りそうな涙声で言った。

「い、く……も、……イかせてぇ……！」

掠れた声が小さく叫んだ瞬間、小さく笑った総司は脚を抱えなおして強く腰を打ちつける。

「あ、なんか来る……っ、ああ……！」

身体を大きく震わせた一夏は甘い声で訴えたあと、一瞬息をつめる。搾《しぼ》り取るように収縮する内部に、総司の荒い息も呑みこまれた。

「は……あ……！」

「……っ！」

幾度か腰を跳ねさせたあと脱力する一夏の内部を、堪え切れずに濡らしてしまう。ゆっくりと抽挿を繰り返し、すべてを解放しきった総司も、蕩けたようにやわらかくなった身体のうえに体重を預けた。

「ごめん、結局、なかで……」

始末が大変になることを知っていながらセーブできなかった自分に少々バツが悪く、ぽつりと呟いた総司の長い髪に、一夏の力ない指が絡まった。

無言のまま、責めてはいないと物語るやさしい仕草で少し湿った髪を梳《す》くように撫でられる。

「あ……」

ついばむように唇を吸いながら、そっと甘い身体から離れると、余韻に細い腰を震わせる。

隣に横たわり、大きく喘ぐ華奢な背中を撫でてやる。濡れた目元を幼い仕草でこすった一夏がかわいくて、何度も軽い口づけを繰り返した。

「もう寝る？」

尋ねた声が治まりきらない高揚に掠れている。

囁きに背中を震わせた一夏が腕のなかから見あげてきて、その瞳が誘うような色で光るのを総司は見逃さない。

「明日、キツイぞ」

含み笑って言うと、ためらうように視線をさまよわせたあと、横たわった総司のうえに乗りあがった一夏も苦笑する。

「上川さん」

「なに？」

総司の削げたラインの頰をしなやかで細い指が包みこみ、一夏の慈しむような唇に目蓋をくすぐられた。

一夏は相当に自分の顔が好きなようだと、こんな瞬間に総司は思い知らされる。自分こそ美少女めいた顔立ちをしているくせに、削げた頰のラインや顎を細い指でたどっては、熱に浮かされたようなうっとりした眼差しで見つめてくるのだ。

「上川さん……好きだよ……」

はにかんだような声で、だいすき、と呟かれて、冷めやらぬ熱は性懲《しょうこ》りもなく上昇する。

舌を絡ませながら細いうなじを捕らえる指先はすでにその肌を煽りはじめていた。

「ふ、ちょ……っん、やだ……」

小さな舌が逃げるのを追いかけながら、色づいた脚を開かせ、腰を跨《また》がせる。総司がこのまま仕かけるつもりだと悟った一夏は小さな声であらがう言葉を吐いたけれど、濡れたうしろを指に探られるころには、なめらかな頰をすりつけた胸のうえで浅い呼吸を繰り返すばかりだった。

「手、ついて、……そう、腰あげな」

艶《つや》やかな黒髪を宥めるように撫でてやりながら、細い手首を取る。おそるおそる、という具合に言われたとおりにした一夏は泣きそうな顔をしていた。

「いや?」

「じゃ、ないけど……恥ずかし……」

絶え入りそうな声で言いながらも、含まされた指に気がいっているらしい。声音はたまらなく甘かったし、無意識のままねだるように腰が揺らめいている。

「恐いよ……動けないよ」

息づいているそこに、熱くなったものをあてがうと、泣きそうな声でそんなことを言った。

「大丈夫、そのままにしててくれればいい」

一夏が危惧したように、奉仕させるようなことをさせるつもりは、総司には毛頭ない。

自分では無理だという一夏を安心させるように頬に口づけ、両の手のひらで包めそうなほどの腰を捕らえる。

そして、はじめての体位に緊張しているそこに、ゆっくりと押し入っていく。

「ひ……んっ!」

先程の行為で綻んでいるはずの場所だが、体勢のせいかやたらにキツイ。

「痛くない?」

顔をしかめて小さく、だが鋭く叫んだ一夏に心配になって尋ねた。かぶりを振って唇を噛んだ一夏は、長い睫毛をしばたかせる。

「嫌なら……」

つらそうな真っ赤な顔で、今にも泣きだしそうな表情に不安を煽られた総司は、やめようか、と言いかける。

「ち、がう、の……っ」

しかし、そのあとの一夏の言葉に、総司は安堵するような、煽られたような複雑な気分になった。

「へ……変なとこ、当たる……っ」

言いながら、もぞもぞと腰を揺らめかせる一夏の瞳はこぼれそうなほど潤んでいる。つながった辺りに目をやれば、別の意味でつらいのだとすぐにわかった。

「ふぁ、あんっ、……あぁ！」

乾いた唇を舐めながらゆっくりと揺さぶってやると、総司の両脇についた腕がガクガクと震えていた。

「身体、起こしちゃえよ」

細い肩を摑んで起きあがるよう促すと、ままならない様子で総司の腹のうえに手をついて座りなおす。

身体の下に抱きこんでいるときと違い、一夏の身体すべてがさらされた状態の、あまりに扇情的な光景に目眩がしそうだった。

汗に濡れた白い身体がぬめるような光沢を見せ、静脈の透ける細い首筋に伸びはじめたおくれ毛が貼りついている。長い睫毛を震わせる歪んだ表情さえも、一夏はきれいだ。

「ん、くぅ……ッ」

ぼんやりと見惚れていると、深く穿《うが》たれたままろくに動かされないそこが焦れて、きゅうっと締めつけはじめた。

「はあ…ふ……」

細い首をうなだれた一夏が、切ないようなため息をつく。濡れた瞳で訴えられ、たまらずにいきなり激しく突きあげた。

仰け反った身体がぐらぐらと揺れ、一夏の唇が淫猥な喘ぎを洩らしはじめる。

「あっ……や、こすれる……ッ‼」

総司が下からの動きで翻弄するたびに、無意識なのだろうが細い腰が蠢く。円を描くような淫らなそれに、総司もたまらずに目元を歪めた。

「はっ、あっ、あっ、……ああ！」

短く途切れる声をあげる唇の隙間から、赤く濡れた舌がちらちらと覗く。

「一夏……っ」

どうしようもなくそれが欲しくて、腹筋だけで上半身を起こした総司に嚙みつくようなキスをされて、嬌声をあげた一夏の舌はすぐに総司に吸いあげられてしまう。

跳ねるようにシーツを蹴った足首を捕らえ、膝を曲げさせると、狂ったように細い首を振った。

「あっ……ああんっ、あああああんッ‼」

体重のすべてが総司とつながった一点に集中した一夏は、一瞬総司がドキリとするほど大きな声で叫んだ。アパートの防音は決していいほうではない。

心得ている一夏の声はできるかぎり抑えられた控えめなものだったが、深く突き入れながら腰を使われて、そんなこともうわからなくなっているようだ。

「一夏、声……」

自分のせいなので咎められたものではないし、嬉しくもあるのだが一応そう言ってみる。

「ごっ……ごめんね、ごめっ……あっ」

一瞬我に返ったように目を見開いた一夏だが、耐え切れずにまたうめいた。

「どうしよ……ごめ、上川さ……っ」

「まったく」

誰が悪いのだかわかっていない一夏の台詞に、思わず総司は小さく吹きだしてしまう。

（……かわいいよな、ホントに）

「あっ、かんじゃう、そん、そんなにしたらっ、舌噛んじゃう……っ」

激しい突きあげにガクガクと首を揺らした一夏は泣き声をあげた。

朦朧とした目つきで濡れた肉を覗かせる唇は、たまらなく卑猥でそそられる。

「口、閉じてろよ」

「や、んっ……だって……！」

意識の半分をソコに持っていかれている一夏がいたいけで、もう彼が気にしなくてもいいように唇を塞いでやる。唇からもつながった部分からも激しい水音が奏でられ、熱くなる身体を余計に煽った。

「ふっ……ウッ」

甘い声は鼻に抜け、総司の唇のなかにまろやかに溶けだして、身体中が絡みあう感覚に思考が蕩ける。

「一夏……」

「んん……？」

好きだよ、と耳元に囁くと、身体を震わせて一夏は極まってしまう。

「――っ！」

唇を塞いだまま達する瞬間、一夏に舌を噛まれたけれど、もうそんなことはどうでもよかった。

そんな小さな痛みに、腕のなかの幸福は損なわれるものではないのだ。

＊　＊　＊

「オーダー追加、ビーフピラフとホットです！」

一夏の軽やかな声が『ｘｙｌｏｐｈｏｎ』に響き、厨房からは同じメニューを復唱する声が聞こえてくる。

カウンターのなかでアイスピックを持ったまま、総司は呆れたような吐息をついた。

（……元気だ）

昨晩の記憶などかけらもないような屈託のない笑みで接客をする一夏に、鈍い腰の痛みが倍増する。

たがが外れたまま朝方まで絡みあっていたはずなのに、細腰で走り回る一夏は今日も元気溌剌で、店の人気者である。

左腕一本にトレイをふたつ載せ、危なげない足取りでテーブルの間を泳ぎきる一夏に、総司はどうしても失笑を堪え切れない。

見た目に反して元気というかタフというか。

思えば夏の間中、あの重いビールケースを運んで腰痛のひとつも起こさないのだから、基本

されている。それを「気の毒に」と思いつつも、長年のつきあいである自分にも連絡すらよこさないことを、実は永井は訝っていた。

一夏の父、一徹氏が倒れた折には永井も居あわせて、家まで一夏を送っていったのも永井なのだ。そのことについて、今までの一夏であれば手数をかけたことに対する礼の言葉であるとか、それでなくとも事後の報告くらいは入れてくるはずだった。

しかし、待てど暮らせど音沙汰はなく、しびれを切らした永井が連絡をつけてみれば、永井とずいぶん連絡を絶っていたことさえ気づいていない一夏に、永井はますます首を傾げたものだ。

（なんかあったか、こいつ）

高校も同じでしょっちゅうつるんでいる一夏とは、家も近く家族同士もつきあいがあるため、二十歳前後の若者にしては密な関係を保っている。

というのも、向こう気は強いくせに、変なところで物事に疎《うと》い一夏の性格がどうにも危なっかしくて、永井のほうが目を離せない気分でいたのだ。

これは一夏自身にまったく自覚がないのが幸か不幸か、彼はひとの「甘やかしたい」という欲望のツボを真正面から突いてくる。容姿も女の子のように（ことによれば女の子よりも）かわいく、それでいて少年のような凛々《りり》しい表情も持っていて、声もきれいで性質もまじめで一本気とくれば、ひとに愛されるのには充分な要素だろう。

そうしてかわいがられ、なにかをしてもらうことにはきちんと感謝の念も持つし、義理堅いところも好ましい。

実際、あれを思い切りかわいがりたいという人間は少なくない。永井にしたところでひとのことは言えないし、高校時代の同級生荒木みのりなどは「ほとんどオカアサンな気分」とぼやきつつも嬉しそうに一夏の面倒など見てやっている。永井も荒木にはまったく同感であるが、しかし。

そういう微笑ましい「かわいがりかた」では済まないような、大変具体的かつあさましい欲求を持って（俗にそれを下心という）一夏に接近してくる輩がいる事実は、永井祐一青年二十歳の力量では、いかんともしがたい部分があるのだ。

荒木と密かに結託し、一夏の気づかぬうちに不穏分子を蹴散らすのは、けっこうな気苦労でもある。

それはまあ好きで背負った苦労のようなものだからいいとして。

先日、家の手伝いばかりしないで遊ぼうと、気晴らしに渋谷へ買い物にでかけようと誘った。その折、明るく話していたかと思えばふっと意識を飛ばしたような、うつろな瞳を見せる一夏の様子がどうにも情緒不安定気味のようだったので、正直永井は「どうしたもんかな」と思ったのだ。

その憂いを含んだ伏し目はまずいでしょう。隙だらけの顔でぼんやりしてりゃなおのこと。

喫茶店で差し向かって、ため息ばかりこぼしている一夏に、永井も内心ため息をつきつつそんなことを考えていた。

そして、気乗りしなさそうな一夏にやや強引に、合コンの席に顔をだすことを約束させたのだ。

元気のない友人に対する、それは永井なりの気遣いだったし、一夏には、いい加減自分が妙な防波堤にならずに済むよう、周りの男どもを諦めさせてくれるような、かわいい彼女でも作って頂きたいと友として切に願っている永井の、そんな親心からの提案だったのだが。

のちに彼はその日のことを、人生における大きな失敗のひとつとして噛みしめることとなるのだ。

＊　＊　＊

大テーブルの端で妙に表情の暗い一夏を横目に見ながら、永井の思惑はどうも微妙に外れてしまったようだと、鈍くはない彼は気づきはじめていた。

バー・レストラン『ｘｙｌｏｐｈｏｎ』で二次会をやるぞと言ったあたりから特にそうで、普段は陽向気質な一夏らしくもなく、視線は常にうつむきがちになっていった。

（こないだもそうだったんだよなあ）

顔見知りらしいバーテンと話しこんだあと、気鬱そうな表情はひどくなり、心ここにあらず、といった風情で、そういう一夏は見慣れない。

大人びた横顔は紗がかかったようにけぶってさえ映る。

長い睫毛が揺れて、なんだか永井まで切なくなるような、そんなため息を一夏は零した。

そして、カウンターから戻ってきた荒木と一言二言喋るなり、なんだかやけのような勢いでテーブルのうえのタンブラーを摑んだのだ。

（あ、バカ！）

「ちょ……かっしー、それあたしのウーロンハイっ」

一夏がグラスを間違えたことに気づいた永井が腰を浮かせた瞬間、荒木の声がする。

しかし時既に遅く、大ぶりのタンブラーの中身は、ほとんど一夏の喉奥に消えていったあと。

一瞬で真っ赤になった一夏は、そのままぐらりと背もたれのないスツールから滑り落ちていく。

「かっしーっ！」

覚えず声をそろえて絶叫すると、華奢な友人は床のうえでひっくり返っていた。

ごん、という鈍い音と悲鳴じみた声に、店内中の視線が永井たちに向けられる。

「や……やっばいよ、どうしよ永井ぃ！　かっしー、頭打ってるよっ」

「どうしようって……」

隣席の荒木が床に倒れた一夏の頭を慌ててすくいあげると同時に、店長である中谷が驚いた顔で駆け寄ってくる。

「どうかしましたか⁉」

「間違えて一気やっちまったんです。コイツ酒弱くて、ホントはビールもちょっとしか……とにかく、き、救急車……っ」

焦った永井が中谷に訴えたが、若いながら店長を務めている彼はさほど動じる様子もなく「落ち着いて」と言った。

「痙攣起こしてもいないし、顔も普通に赤いから、急性アル中じゃないよ。多分、一気に血が回ったうえに頭打ったもんだから、気を失ってるんだと思う」

荒木の腕から一夏を受け取り、こういった事態には慣れた様子で検分するなり、中谷はそう言った。

「そ……そうですか？」

「伊達に飲み屋の店長やってないからさ」

素人判断を信じていいのか、と口籠もった永井を安心させるように端整な顔で笑みかけた中谷は、しかしちらりと視線をうしろに流したあと、苦笑めいた表情を浮かべる。

（うわ……）

視線の先に気が行った永井は、背後から漂ってくるただならぬ空気につと振り返った。

そこには、あの男前のバーテンダーが妙に切迫した空気をまとって立ちすくんでいる。

カウンターのなかにいるときはわからなかったが彼は相当な長身で、一八〇センチの身長を誇る永井でさえも見あげるほどだった。おまけに、至近距離で見ると同性ながら心臓に悪いような男前だ。それがまた、優男の中谷と並んでいる絵面というのは圧巻で、周りの人間は惚けたようになっているばかりだった。

この店はきっと面接では顔を重要視するに違いない、とぼんやりと永井は思う。

「……っつーわけで、総司、一夏くんしばらく寝かせといてやって」

「はい」

低い、短い一言でも、総司と呼ばれた彼の声がなめらかで通りのいいものであることがわかる。

しかしいつまでもぼーっとしているわけにもいかんと、いちばんに我に返ったのはやはり永井だった。

「あ、でも……悪いです、オレが連れて帰りますから。お店のひとに迷惑かけられないですよ」

正体を失った一夏を抱えあげようとする総司に慌てて言うと、中谷の手が肩に置かれる。

「気にしなくていいって。それより、キミ幹事なんだろう？　あとを纏めなきゃみんな困るんじゃない？」

「それは……そうですけど」

「大丈夫、コイツ一夏くんの家も知ってるし、ダチだから」

なあ？　と言った中谷の、含んだ笑みを流し目にのせた婀娜《あだ》っぽい表情に、近場にいた荒木がうっすらと赤くなる。永井は内心「色男はどんな顔してもサマになってやだね」と毒突く。

しかし声をかけられた当人は軽く頷いたのみで、無言のまま一夏の膝と背中に腕を回し、軽い動作で抱きあげた。

いくら華奢とはいえ、一夏も立派な男である。平均より小柄というわけでもないその身体をあっさりと抱きあげ、なおかつそれが妙に様になっているのは、総司の体軀と怖じない表情のせいだろう。

「……通してもらっていいか」

「あ……どぞ」

頭上からの声に内心プライドを擽られつつ、細い身体を大事そうに腕に抱えて去っていく総司のうしろ姿に、店内からは称賛とやっかみの混じった吐息が洩れた。

「すいません、なんかご迷惑を……」

複雑な気分でそのうしろ姿を見送ったあと、中谷に頭を下げれば、にこりと笑いかけられる。

「大丈夫だって、あとでアレに送らせるからさ」

ご親切に、と言いかけた言葉が、なぜかいがらっぽい感触で喉奥に引っかかる。

（なんか……面白がってる？　このひと）

中谷の甘い顔立ちに食えないものを感じてしまったが、自分で企画した合コンを途中で放り投げることができないのも事実だ。

そして、総司のあの表情に、なぜだか妙な危機感を覚えてしまう。永井の腕から一夏を受け取った瞬間、彼の色の薄い瞳が一瞬だけ永井を見たのだが。

(……俺、睨まれた気が……する)

表情そのものがきついせいかと思ったのだが、しかし。

やわらかに抱きあげた仕草や、意識のない一夏の顔を眺める視線の甘さがどうにも引っかかってしまう。

(もしかして……やばかった?)

「永井、まだ気にしてんの?」

「あ、いや……」

心配だね、と荒木に言われ、まあなと永井は返すしかなかった。

(心配は心配でも、ちっと違うんだよなあ)

しかしこの場でそれを口にするわけにもいかず、仕方なく永井は宴会を仕切り直す。

そのあとなぜか店長からの差し入れということで揚げ物やドリンクが振る舞われたことも、永井の胸のしこりを大きくするばかりだった。

(なるようにしかなんねっか)

ふう、とこぼれたため息は案外大きく、拭えない不安をはらんでいる。

そして夏が終わるまで、永井は一夏と連絡を取ることができず、総司の背中に覚えた危機感は、煩雑な日常に紛れていったのだ。

＊　＊　＊

結局その夜のことはウヤムヤのまま、一夏の口から語られることはなかった。

永井にしてみれば、あのあと無事に家に帰れたのか、身体の具合はどうだったのかとか、いろいろと聞きたいことはあったのだ。

しかし、休みがあけて後期がはじまり、アルバイト先を『ｘｙｌｏｐｈｏｎ』の常勤に決めたという話を聞いた瞬間、ひどく嫌な予感が永井の頭をよぎり、それ以上の追及を諦めてしまった。

しかし、三日に一度は外泊し、その行き先が例の総司――上川総司宅であると一春に聞かされたとき、永井は正直言って頭を抱えこみたくなった。

あの夜にふたりの間にナニがあったのかなど考えたくもないが、おそらくきっかけとなるような出来事になってしまったのは間違いない。

隠し事のできない一夏が、頑なに総司の話題を永井に振らないことが、なによりの裏づけだろう。

（やっぱり、連れて帰ればよかった）

いくら知らなかったとはいえ、無自覚な狼の口のなかに、これまた自意識の薄い赤ずきんちゃんを放り投げるようなことをしてしまったと、永井は悔やんでいる。

それでも夏の日の気欝が嘘であったかのように、一夏は明るくなった。

なんとなくだが毎日幸せそうなので、切ない目をされるよりは心配もないかと、永井は諦めの吐息をつく。

まあ自分には関係ないことだし、このかわいい顔の親友にはいつどんなときもすこやかにあれと願っているから、多少――多少、ひとに言いにくい恋愛でも目をつぶろう。応援も、協力だってしてやろうと、ひっそり心に決めている。

しかし、一夏特有のあのかわいさと危なっかしさが、このところ二割増しで増えたのは、いかんともしがたい。

おまけに、どうにもこう、色っぽく――認めたくはないが――なってしまって、永井の気苦労は却って増えた。

あの背の高い男前も、自業自得とはいえこれではさぞかし落ち着かないことだろう。店でもアイドル扱いの一夏は、連日のようにナンパされまくっていると聞く。

（頼むっすよ、上川さん）

しかしいくら心中で訴えても、テリトリーの違う彼氏には、学内のことまでは面倒を見てもらえない。いきおい、虫を追い払うのは、結局永井の役目になってしまうのだ。

素地を作った一春と、それを開発（うわあ）して下さった総司のことを、憎めずにそれでも恨みつつ。

（忙しくて、コレじゃ彼女もできやせん）

フェロモンを無自覚に振り撒き、かわいい笑顔をばんばんと人目にさらす、いつまでも手を煩わすこの親友から解放されるのはいつのことだろうかと、永井は深く憂鬱なため息を洩らすのだった。

END

あとがき

この作品は、デビューから二作目であり、また商業誌のノベルズとして書き下ろした初作品『明日のために靴を磨こう』の文庫化となります。初出は一九九八年と、いまから十四年ほどまえになります。そのため、文章の随所に時代性が残っております（笑）。あまりにも当時の流行を反映しているような文章については多少削りましたが、タイトルを変更したのみで、基本的にはほとんど改稿はしておりません。

それと後半には、ノベルズのその後話を同人誌でだしたときの作品を再録しております。『恋の日に雪は降りつむ』、タイトルがなんとなく気にいっています。

今作のゲラをやりつつ、なんというか……初々しい、初々しすぎてめまいがする！　とくらくらいたしました。いろんな意味で青々しい一冊でありますが、ある意味、これも私の歴史であるのだと開きなおりました。

いろいろ、一生懸命だったなあ、と思います。むろんいまもそうなのですが、まだまだオリジナルキャラクターを作ることに練れていなくて、ああじゃない、こうじゃない、と悩みながら書いていた時期が、ひどくなつかしい思い出としてよみがえりました。

当時は、プロットの時点でストーリーや細かいエピソードの構築をさきにやってしまい、キャラクターがそれにあわせて動くように、という作り方でした。

いまは正直真逆で、まずキャラクターをがっつりと作り、おおまかな流れを頭にいれたら、あとはキャラが動くままに勝手に行動させる、というやり方になっています。

前者の場合、あまりに細かくエピソードなどを決めすぎて、キャラに不自由な思いをさせることもけっこうあったような気がします。悩みすぎて却ってどん詰まったりと、本当に右も左も、自分がどう書けばいいのか、どう書きたいのかもまだ五里霧中。七転八倒しつつ、いろいろ試行錯誤して、現在のやり方に落ちついてます（……どうでもいいけど四文字熟語が並んだ一文ですね）。

さておき、そんな作者と、わけもわからずおたおたする一夏や、さめたフリしててんで若造な上川は、ある意味、同じくらい青く、そういう意味でも『そのときにだけ書けた物語』だったのかもしれません。

さて、じつはノベルズ当時、挿画イラストも、今回におなじく明神先生がつけてくださっていました。それが私の明神先生との初仕事で、それから十年近く、ご縁がなかったのですが、二〇〇九年、ダリア文庫さんで『オモチャになりたい』という作品を刊行した際にもご一緒させていただき、そのときすでに今回の本の刊行は決定しておりました。

個人的には、当時のイラストもとてもかわいらしかったので、「そのまま文庫にして再録でも」と申しあげたのですが、明神先生のほうから「せっかくならいまの絵で挿画をつけたい」とお申し出をいただいて、今回のリニューアルと相成ったわけです。

さて、挿画の話が出たところなので、ついでにお礼を。

明神先生、このたびは本当にありがとうございました。挿画作業の途中で体調を崩されたそうで……刊行をずらすことでダリアさんに調整していただいたのですが、それでもご無理をさせてしまい、申し訳ありませんでした。

ラフを拝見し、いまふうなステキ色男の上川を見たとき「おおおおお」と思わず声をあげてしまいました。思わずノベルズ版引っぱりだして比較してみたり（笑）。じつは今年、もう一冊のデビュー作が、他社さんから同じイラストレーターさんでリニューアル文庫化されるのですが、こういうのもなかなかない経験だな～とおもしろかったです。ありがとうございました。

そして毎度の担当さん、このところ諸々あって、刊行前後にトラブルが続いておりますが、今後ともどうぞよろしくお願いいたします。

そして、この本を手にとってくださった方、ありがとうございます。おそらく過去のノベルズをご存じない方のほうが多いと思いますが、青臭く、それでも大事な作品です。楽しんでいただけたなら、本当に嬉しいです。

またいずれ、どこかでお会いできれば幸いです。

★こんにちは、明神翼です

「あるいて、あした」――約14年程前に発刊されましたノベルズの文庫化として、新たな装い＆再び私の絵で聡司と一夏を描かせていただけるなんて、とても夢のようです!!

なつかしい彼らを再び今の自分の絵でよみがえらせることができるとても貴重な機会をいただいたのに、私の体調不良による発売延期で、崎谷はるひ先生に大変ご迷惑をおかけしてしまいましたこと、心からお詫び申し上げます。　フロンティアワークス・ダリア編集部様、関係各所様、書店様、そして…崎谷先生の作品を楽しみにお待ちしている読者の皆様…本当に申し訳ございませんでした！

★約14年程前の私が描いた聡司＆一夏は、現在の私が描いたらこうなった！というかんじで☆　なんだか別人のようです…すみません。体調不良による延期の上に、挿絵の枚数もかなりおさえて描くことになり、こんなにたくさんのページ数なのに、イラスト数が少なくて本当にすみません！　でも、どのイラストも、今の体力全部で精一杯、心からキャラ達に挑んで大事に描きました。

ノベルズの際に間違って描いてしまった箇所とか、リベンジ☆できたのは個人的にホッとしています☆（苦笑：）　本編その後の2人のラブラブ挿絵も描けたのがとても嬉しかったです♪

★崎谷先生、本当に申し訳ございませんでした！　そして優しいお気遣い、とても嬉しく涙があふれ出ました…ありがとうございました!!　そしてまた、約14年程ぶりになつかしい彼らを描くことができて、本当に本当に幸せでした♡

みょうじんつばさ

ダリア文庫をお買い上げいただきましてありがとうございます。
この本を読んでのご意見・ご感想・ファンレターをお待ちしております。

〈あて先〉
〒173-8561　東京都板橋区弥生町78-3
(株)フロンティアワークス　ダリア編集部
感想係、または「崎谷はるひ先生」「明神 翼先生」係

❋初出一覧❋

あるいて、あした ……………… 1998年ラキアノベルス「明日のために靴を磨こう」を改題の上、加筆・修正
恋の日に雪は降りつむ ……………………………… 同人誌掲載作を加筆・修正
若き永井くんの悩み ………………………………… 同人誌掲載作を加筆・修正

あるいて、あした

2012年3月20日　第一刷発行

著者	崎谷はるひ ©HARUHI SAKIYA 2012
発行者	藤井春彦
発行所	株式会社フロンティアワークス 〒173-8561　東京都板橋区弥生町78-3 営業　TEL 03-3972-0346　FAX 03-3972-0344 編集　TEL 03-3972-1445
印刷所	図書印刷株式会社